異世界トリップしたその場で食べられちゃいました

Sumire Isuzu
五十鈴スミレ

B's-LOG BUNKO
ビーズログ文庫

イラスト／加々見絵里

CONTENTS

水上 桜
バスタオル一枚でお風呂
場から異世界トリップ！
大クリストラル国第五師
団隊長。通称「隊長さん」。
グレイス・キィ・タイラルド

Characters

登場人物紹介

ミルト・ヒュー・マラカイル

グレイスの片腕。
通称「小隊長」。

エルミア・ガネット

砦の侍女。
勝ち気で姉御肌。

オーフィシディエンオール

自由な精霊。通称「オフィ」。

ハニーナ・ラピスラズリ

砦の侍女。儚げな美少女。

序 すべてはバスタオル一枚から始まりました

ふと気がつくと、私は見知らぬ部屋の、ベッドの上にいました。

「…………は？」

え、ちょっと、何これどういうこと？

私は混乱しながら周囲を見回す。室内は薄暗《うすぐら》くてはっきり見えないけれど、私の部屋よりずっと広くて、お高いホテルみたいだ。私が座《すわ》っているベッドはスプリングが利《き》いていて、寝心地《ねごこち》がよさそう。

ベッドの上で何度か弾《はず》んでから、我に返る。今は遊んでる場合じゃない。ここはどこなのか、どうしてここにいるのか、わからないことだらけなのに。

まず、直前のことを思い出してみようか。

たしかそう、私はお風呂《ふろ》に入っていた。春なのに今日はちょっと肌寒《はだざむ》いなぁって、大好きな柚子《ゆず》の入浴剤《にゅうよくざい》を入れた湯船にゆっくり浸《つ》かった。身体《からだ》の芯《しん》からあったまって、極楽《ごくらく》じゃ〜なんて思ったりして。のぼせる前に出ることにして、脱衣所《だついじょ》が濡《ぬ》れないように、お風呂場で身体を拭《ふ》いていて。そうしたら……。

どこからか、子どもの笑い声が聞こえてきたんだ。

え？　って思って振《ふ》り向《む》いたけれど、当然のことながらそこには誰《だれ》もいない。怪奇《かいき》現象かと怖《こわ》くなった私は、急いでお風呂場から出ようとして……段差につまずいた。とっさにつこうとした手が触《ふ》れたのが、このふわふわのベッドだった。

はい、回想終了《しゅうりょう》。そして謎《なぞ》はいまだ解けません！

お風呂場と脱衣所の段差でつまずいたんだから、普通《ふつう》なら私は脱衣所で転がっているはず。なのに私はなぜか見知らぬ部屋のベッドの上。しかも、格好はそのまま、裸《はだか》にバスタオル一枚。拭《ぬぐ》いきれていなかった水気を、シーツが吸ってぽつぽつと色を変えている。

これからどうしたらいいんだろうと考えていると、突然、扉《とびら》の開く音がした。

驚いて振り向くと、開かれた扉の隙間《すきま》から光が差《さ》し込《こ》んでいる。光はちょうど人一人分の影《かげ》を作っていて、誰かが部屋に入ってきたんだとわかった。

「誰だ」

その声に、私はビクリと身体を揺《ゆ》らす。すごく低くて冷たい声だ。

もしかしなくても、この部屋の主だろうか？　だったら私は不法侵入者《しんにゅうしゃ》？　弁解したいところだけれど、そもそも私だって、どうしてここにいるのかわからないんだから説明のしようがない。

「えっと……こんにちは」

まずは挨拶《あいさつ》してみることにした。第一印象は挨拶で決まるといっても過言じゃないよね。

「……女か」

声からして男だろうその人は、そう言ってベッドに近づいてきた。

あ、どうしよう、すごく逃《に》げたい。蛇《へび》に睨《にら》まれた蛙《かえる》はきっとこんな気分だ。

薄暗いからよく見えないけれど、けっこうガッシリした体格の人のようだ。実力行使で部屋を追い出されたりしたら、絶対に痛い。

そんなことを考えていたら、いきなり部屋に明かりが灯《とも》った。スイッチを入れる音は聞こえなかったから、感知式だろうか。

そして、私はビックリ仰天《ぎょうてん》した。

男の人はいわゆるイケメンさんで、その上……好みド真ん中!!

髪《かみ》は短くて、茶髪《ちゃぱつ》というには明るくキラキラしているから、表現するなら金茶色という感じ。迫力《はくりょく》のある切れ長の瞳は青みを帯びた灰色。冷たいようでいてどこか柔らかい、不思議な色だ。左耳にだけついている、瞳と同じ色のシンプルなピアスが、野性味のある容姿によく似合っている。イケメンと呼ぶのもなんだかもったいないような、整った顔立ちの外人さんだった。

イケメンという言葉で一般的に連想するのは柔和《にゅうわ》な王子様タイプだと思うんだけれど、

優男《やさおとこ》は私の好みじゃない。

私の好みは、男気あふれるイケメンだ。背が高くて、筋肉が適度についていて、腕《うで》も肩《かた》もガッシリしていて、顔は彫《ほ》りが深くてキリッとしている。汗《あせ》の匂《にお》いがしても許せそうなイケメン。

まあ、現代日本にそんな人はそうそういるわけないけれど、過去に好きになった人はみんなスポーツをやっている人だった。

そして目の前の男性は、まさに私の理想が服を着て歩いているような人だった。

「かっこいい……」

思わず私がそう呟《つぶや》くと、その人は眉《まゆ》をひそめた。

「……そういうことか」

それからそう、小さな声でこぼす。

え、そういうことってどういうこと？　訳《わけ》がわからず私は首を傾《かし》げるしかない。

その人は怖《こわ》い顔をしていてもイケメンだから目の保養になって、私は目をそらせずにいた。よくわからないけれど、目をそらしたら即《そく》ゲームオーバーな気がする。

そして、男の人は一つ息をついたかと思うと、私に手を伸《の》ばしてきた。その手は私が身体に巻いているバスタオルを掴《つか》んで、勢いよく引っ張った。

……すると、どうなるか？　当然、私はすっぽんぽんになるわけで。

「う……わっきゃあ!!」

数秒ほど固まって、慌《あわ》てて何か身体を隠《かく》すものを探す。幸いなことにここはベッドの上だ。私はなんとか布団《ふとん》の中にもぐり込《こ》んだ。

いきなり何するんだ、この人は！　イケメンだからってなんでも許されると思うなよ！まあ……見られて困るほど出るとこがちゃんと出てるわけでもないんだけど。しくしく。

「得物を隠《かく》してはいないようだな。ということはやはり、そういうことか」

だからどういうことなのか、求む説明！

えもの？　えものって獲物《えもの》？　うさぎ？　鳥？　それとも猪《いのしし》？　元々使えない頭なのに、思考があっちこっちに行ってしまう。

続けてその人は布団を剝《は》がそうとする。そうはさせじと全力で摑む私とで綱引《つなひ》き状態になった。その人がすぐに力を抜《ぬ》いたから、諦《あきら》めたのかとほっとしたところで再度引っ張られ、布団はあっけなく男の人の手に……。

素《す》っ裸《ぱだか》を恥《は》ずかしげもなく異性に晒《さら》せるような痴女《ちじょ》じゃないから、シーツを引き上げようとした、けれど。素早《すばや》くのしかかられて、私は両手を拘束《こうそく》されてしまった。

えっと、この体勢は、何やら危険な香《かお》りがするのですが。

「あの……」

「声は出してもいいが、余計なことは話すな。一夜の夢くらいは見させてやる」

私の発言を拒絶《きょぜつ》するように、低い声が被《かぶ》せられた。混乱状態の私はつい言われるがまま口を閉ざしてしまう。

でも、このままだと食べられちゃいそうなんですけど！　もちろん比喩的《ひゆてき》な意味で！

男の人は、片手で私の両手を拘束しながら、もう片方の手で私の肌《はだ》に触《ふ》れてくる。ベッドの上で押《お》し倒《たお》されて、素肌《すはだ》を触《さわ》られて、その意図に気づかないほど子どもじゃない。どこに欲情スイッチがあったのかは不明だけれど、どうやら私は襲《おそ》われているらしい。

逃げなきゃ、と反射的に思ってから、すぐに無謀《むぼう》だと気づく。だって相手はガタイのいい男性で、ここがどこかもわからない私には逃げる場所もない。

「んっ……」

あれこれ考えているうちに、いきなり首筋を舐《な》められて思わず声がもれた。そういうことをしようとしているから当たり前なんだけれど、触り方がいちいちエロい！

この人、なんとなく手慣れている感じがする。イケメンだからか。入れ食い状態なのか。本当のところはどうか知らないけれど、私はそう決めつけた。

「ちょ、ちょっと待っ……」

「黙《だま》れ」

機嫌《きげん》の悪そうな声に、さすがに「かっこいい!!」とテンションを上げることはできなかった。男気あふれるイケメンさんは、つまりは迫力《はくりょく》も満点。ただ、幸いにというか、不思議と怖《こわ》くはなかった。

その人の手は、決して自分本意な動きではなく、むしろ丁寧《ていねい》で優《やさ》しさすら感じられた。

一夜の夢を見させてやると言うだけのことはあるのかもしれない。

ああ、なんだかもう面倒《めんどう》くさくなってきた。今は誰とも付き合っていないから、このまま流されてもいいかもしれない。今まで恋人《こいびと》としかこんなことはしたことがないし、貞操《ていそう》観念がないわけでもないけれど。

この状況《じょうきょう》は、どう考えても逃げられそうになくて。しかも相手はめちゃくちゃ好みのイケメン。むしろここは得したって思ってもいいんじゃないだろうか、うん。

私はそう決めて、身体に灯りはじめた熱に身を任せるのでした。

1 異世界トリップしちゃいました

チュンチュン、とのどかな鳥の鳴き声が聞こえてくる。

「ふわぁぁ……」

大きくあくびをして、私は身を起こした。いつもの習慣でベッドを下りようとして、ガクンと床《ゆか》にへたり込《こ》んだ。腰《こし》が……へなへなになってる……。

衝撃《しょうげき》で完全に目が覚めて、同時に昨日《きのう》のことが思い起こされる。

お風呂《ふろ》から出たら知らない部屋のベッドの上で。部屋の主と思われるイケメンに押《お》し倒《たお》されて。そのままぺろりっとおいしく……かはわからないけれど、食べられちゃって。

昨日はお楽しみでしたね！　ええ、これ以上ないくらいお楽しみましたとも！　なんて、心の中でヤケクソ気味に会話してみる。

とりあえず床に座《すわ》っているのも微妙《びみょう》なので、がんばってベッドに腰を下ろす。すごい、こんなに身体《からだ》が言うことを聞かないのは初めてだ。イケメンはエッチが上手な法則でもあるんだろうか。

昨日は本当に凄《すさ》まじかった。全身が火をつけられたみたいに熱くなるし、焦《じ》らすのも計算のうちという感じで、何度果てを見たかわからない。

それなりに経験はあるほうだと思っていたんだけれど、まだまだだったみたいだ。めくるめく官能の世界へ誘《いざな》われてしまった。

「クセになったらどうしてくれようか……」

そんなことを考えてしまうくらいには、すごかった。

ふと我に返って、朝日で明るい室内をきょろきょろと見回す。部屋には私以外、誰《だれ》もいない。昨日の男の人の姿もない。

結局、ここはどこなんだろうか。男の人に聞けるような暇《ひま》も余裕《よゆう》もなかったし、ゆっくり考える時間もなかったから、一夜明けても何もわからない。

この部屋は洋室で、天井《てんじょう》が高く、ベッドはセミダブルより大きめ。棚《たな》なんかの家具も日本で普通《ふつう》に見かけるものとは雰囲気《ふんいき》が違《ちが》って、芸術品のよう。コンセプト系の高級ホテルかとも思ったけれど、それにしては生活感がある。洋館というと、美術館とか博物館とか、あとは文化財になっているような建物のイメージしかない。

そういえば、昨日の男の人だって日本人とは思えない外見をしていた。髪《かみ》は染められるし、瞳《ひとみ》はカラーコンタクトということもありえるけれど、整形でもしない限り顔立ちまでは変えられない。

ここが天国や地獄《じごく》だとも思えないし、一瞬《いっしゅん》で海外に誘拐《ゆうかい》されるわけもない。今のところ、夢を見ているという可能性が一番高いだろうか。

考えたところで答えが出るわけじゃない。たぶんここは男の人の部屋だろうし、待っていればいつかは帰ってくるはず。そうしたら、自分の意思でこの部屋に来たわけじゃないことを話して、ここがどこか教えてもらおう。

「さてと……」

まだ足というか腰というか、言葉にしちゃいけない場所に違和感《いわかん》はありつつも、どうにか動けそうだ。違和感以外に身体がギシギシするのは、たぶん筋肉痛だろう。

素《す》っ裸《ぱだか》で動くのは微妙だし、とベッドの下に落ちていたバスタオルを拾って、身体に巻きつける。しかめっ面《つら》したうさぎのムーさん柄《がら》は、私のお気に入りだ。

ベッドから下りて、広い室内を探検してみる。ベッドのすぐ横に書机があって、その上はきれいに整頓《せいとん》されている。机の上の本立てから試《ため》しに一冊手に取って、開いて……目を見張った。

見たことのない文字なのに、自然と意味が理解できる。自分でもどういうことかよくわからないけれど……これは、もしかして。

「異世界トリップ……？」

少女小説なんかでたまにある、異世界トリップファンタジー。まさかそれが自分の身に降りかかるなんて夢にも思わなかったけれど、知らない文字を読むことができるという摩《ま》界の言葉を口にしていたんだろう。

訶不思議《かふしぎ》は、他の理屈《りくつ》では説明できない。自動翻訳《ほんやく》つきだなんて、便利なものだ。

昨日の男の人も、私には日本語を話しているように聞こえたけれど、たぶんこっちの世界の言葉を口にしていたんだろう。

「どうしよう……」

本を戻《もど》して、意味もなく室内をうろうろする。

ふと窓の外を覗《のぞ》いてみると、外には木がたくさん……というか木しか見えなくて、森の中という雰囲気だ。遠くに人が突《つ》っ立《た》っているのは、警備の人だろうか。

お次は二つある扉《とびら》。近いほうを開けてみると、テーブルとソファーのある広い部屋だった。なるほど、ホテルのスイートルームみたいに寝室《しんしつ》とリビングが別になっているのか。

もう片方の扉も確認《かくにん》してみると、そこは洗面所、そして……！

「お風呂っ！」

あの、実はですね、私、今猛烈《もうれつ》にお風呂に入りたくてしょうがないのです。汗《あせ》や、とても口には出せないようなもので身体がベトベトしているのです。お風呂……お借りしてもよろしいでしょうか？　借りちゃいますよ？　いいですよね？

返事をする人がいないのをいいことに、私は脳内一人会議でお風呂に入ることを決めた。

浴室はホテルのお風呂のように清潔感があって、シャワーが上に固定されていた。蛇口《じゃぐち》がなくて困ったけれど、お湯〜お湯〜って思いながら怪《あや》しげな色の石を触《さわ》ったら、いきな

り お湯が噴《ふ》き出《だ》してきたからちょっとびっくりした。さすがはファンタジー。

シャワーだけ浴びてお風呂から出て、置いてあるタオルを使うのは悪い気がして、ムーさんバスタオルで身体を拭《ふ》いた。それをまた身体に巻きつけると、当たり前ながら水気を吸っていて冷たい。部屋の中は適温だけれど、何か着ないと風邪《かぜ》を引いてしまうかもしれない。

でもって、洗面所から出たわけですが。

「…………」

「わっ……お、お風呂お借りしました」

このタイミングで男の人が帰ってきちゃったー！

彼はリビングにつながる扉に寄りかかって、軍服の上着のようなものを肩《かた》にかけていた。

軍服萌《も》え～って言いたいのに、目が怖《こわ》すぎる……！

ごめんなさい！　お風呂を勝手に借りてごめんなさい！

いくらでも謝《あやま》るからそんな怖い顔をしないでほしい。ガッシリしていて目つきが悪くて、さらには整った顔立ちをしているものだから迫力《はくりょく》満点すぎる。

「用は済んだだろう。帰れ」

「へ、どうやって？」

男の人の冷たい言葉に、私は首を傾《かし》げる。この人、もしかして帰り方を知っているんだろうか。いやいや、そもそもこの人は私の事情を何も知らないはずだ。

「どうやっても何もない。来たときと同じようにここから去れ」

来たときと同じように……と言われましても。どうやってここに来たのか、私のほうが聞きたいくらいだ。どうにも話が噛《か》み合《あ》っていない気がする。

「そもそも、ここはどこなんでしょう？」

「……は？」

今度は男の人のほうが間抜《まぬ》けな声を出した。あ、そのちょっとビックリしたような顔、険しさが抜《ぬ》けて格好いい。イケメンはどんな顔でもイケメンだ。

「日本国内だったら助かるんですが。できれば県内だとなおうれしいなー」

「……この国はクリストラル、この領地はジェイロだ。ニホンと呼ばれるような場所は聞いたこともないが」

「あー、薄々《うすうす》そんな感じはしてました」

うん、もう異世界トリップということで百パーセント確定だろう。面白《おもしろ》そうとは思ったけれど、それが現実になると色々複雑だ。とりあえず思うことは、文化レベルが違いすぎなければいいな、ということ。お風呂はちゃんとしていたからたぶん大丈夫《だいじょうぶ》だと思いたい。

「お前はどこから来た」

男の人は怖い顔を少しだけ和《やわ》らげて、私にそう聞いた。ようやく私の話を聞いてくれる気になったようだ。

「それが、私にもよくわからないんですが、もしかして異世界トリップ？　かなって」

「異世界……？　異世界から来たのか、お前は」

「この状況下《じょうきょうか》だと、タイムスリップか異世界トリップか、くらいしか選択肢《せんたくし》ないかなーと。国の名前に聞き覚えがないから、異世界かも、みたいな感じです」

私がそう言うと、彼は顎《あご》に手をやって考え込んでしまった。

そういえば、異世界トリップという言葉で通じたんだろうか。今のは異世界って単語に反応しただけ？　どう翻訳されたのか気になるけれど、会話に支障はないからいいとしよう。

「魔法《まほう》があったりすれば確実に異世界なんですけどね」

「これか？」

思いつきで言ってみると、彼はいきなり手のひらに炎《ほのお》を出した。も、燃えてる……。

「うわぁ～！　す、すごいっ！」

魔法だよ、魔法！　種も仕掛《しか》けもありませんな正真正銘《しょうしんしょうめい》の魔法だ！

思わず駆《か》け寄《よ》って、その炎に顔を近づける。おお～、あったかい！　熱もちゃんと伝わってくる！

私が近づきすぎて危ないと思ったのか、彼はすぐに炎を消してしまった。ああ、もったいない。また見せてくれないだろうか。

魔法がある世界だなんて、心が躍《おど》る。異世界ファンタジーは漫画《まんが》でも小説でも大好物だ。

「もしや……」

男の人の呟《つぶや》きに、私は顔を上げる。炎を見るために近づいたから、今は目の前にいる。目の前……というよりも、目の上。今まで気づかなかったけれど、男の人は見上げると首が痛くなるくらい背が高かった。百六十センチ以上あって、女子の平均身長よりも高いことが密《ひそ》かな自慢《じまん》だったのに。

「お前は、俺《おれ》に抱《だ》かれるためにここにいたわけじゃないのか？」

眉間《みけん》にふかーい皺《しわ》を刻んだお顔で、彼はそう尋《たず》ねてきた。

「異世界トリップには理由というか使命がつきものだったりしますが、それが誰かに抱かれるため、っていうのはあんまり聞きませんね」

「いや、そういう意味ではなく。つまり……お前の意志ではなかったのか、ということだ」

「なかったんじゃないでしょうか？　気づいたらここにいただけです」

つまりこの男の人は、私が自分に抱かれたくてここにいたんだと、そう思っていたってことだろうか。

いやぁ、さすがの私でも、初対面の男に抱いてもらいたいなんて思わない。

でも、考えてみれば、この人は私の事情を知らなかったわけで。どこかで彼を見初《みそ》めて、それで夜這《よば》いに来たものだとでも思ったんだろうか。

昨日の「そういうことか」って、つまりそういうことか。ようやく理解できた。

「……悪かった」

彼はそう言って、いきなりその場に土下座した。図体《ずうたい》がでかいから迫力抜群《ばつぐん》だ。

わぁ、世界が違っても土下座はあるんだ、すごいなぁ……じゃなくて！

「いやいやいや、土下座とかやめてください！　別に気にしてませんから！　あなた美形だし、なんかすごく気持ちよくしてもらっちゃったし、初めてでもなかったですし私！

そりゃ自分のベッドに半裸《はんら》の女がいたら勘違《かんちが》いして当然かも、みたいな！」

私は慌《あわ》てて男の人の前にしゃがみこんだ。

うん、すごーく気持ちよかった、本当に。むしろごちそうさまでした、みたいな。

それに、あのときの私は半裸というかバスタオル一枚の即《そく》ＯＫといわんばかりの格好だった。何も考えずにかっこいいと言った覚えもあるし、あのときは気づかなかったけれど、誘《さそ》ってると思われても仕方がなかったんじゃないだろうか。

「そこは気にするところだと思うんだがな……」

彼はそう言いながらも、身体を起こしてくれた。表情はいまだに申し訳なさそうなままで、熊《くま》がしょぼくれているみたいに見えて、ちょっとかわいい。

「あ、でも子どもができちゃってたりしたらさすがに困るなぁ。避妊《ひにん》、しました？」

「当然だろう。そんな気軽に種をまけるか」

機嫌《きげん》を損《そこ》ねてしまったのか、ちょっと口汚《くちぎたな》くなった。男気あふれるイケメンだから、そういう粗野《そや》な言い方も似合っている。

怖い顔は変わらないのに、どうしてだかまったく怖く感じない。土下座なんて衝撃的なことをされたから、色々と振《ふ》りきれてしまったのかもしれない。

「……今さらだが、寒くはないか」

「あ、えーっと、ちょっと寒いかも……？」

「ひとまずこれを着ていろ。あとで服を持ってくる」

そう言って、肩にかけていた上着を手渡《てわた》してくれた。お礼を言ってバスタオルの上に羽織ってみると、男の人が大柄《おおがら》なのもあって膝丈《ひざたけ》だ。

乙女《おとめ》の夢、彼シャツならぬ彼軍服！　……なんちゃって。

「精霊《せいれい》の客人は国に届け出る決まりだ。俺が知らせておく。いいな？」

「いいなも何も、なんにもわからないんですが」

精霊の客人？　異世界トリップした人をここではそう呼ぶんだろうか。ということは、この世界には精霊がいるんだね！　お約束なファンタジー要素にわくわくしてきた。

「国に届け出れば、議会で協議され相応の後見人がつけられるはずだ。後見人の庇護《ひご》を受け、しばらくは一般《いっぱん》常識を学び、その後は本人の意志次第《しだい》だ。過去には、国に士官した者、発明家になった者、商売を始めた者などがいたらしい」

「なんて異世界トリップヒロインに優《やさ》しい世界……！　感動です！」

異世界トリップが珍《めずら》しくなくて、受け入れ態勢が整ってるなんて素敵《すてき》な世界だ。不審者《ふしんしゃ》として捕《つか》まったり、逆に巫女《みこ》だとか勇者だとか崇《あが》め奉《たてまつ》られたりしなくてよかった。

お国の役に立てるようなお仕事が私にできるとは思えないから、そこだけが申し訳ないところだけれど。

「が、国から沙汰《さた》が下りるまでに時間がかかるかもしれない。半月か、一月《ひとつき》か、それ以上か。その間は……どうしたい？」

「まず、どんな選択肢があるのかもわかりません！」

困りきって縋《すが》るように男の人を見上げると、彼は私の目の前に指を立てた。

「一つ、ここで過ごす。二つ、この近くの町で過ごす。三つ、王都まで行きそこで過ごす」

彼はわかりやすく選択肢を与《あた》えてくれた。それぞれの利点と欠点は私にはよくわからないけれど、そこまで教えてもらうのはさすがに悪いだろうか。

「ちなみに近くの町と王都までの移動時間は？」

「近くの町は馬で飛ばせば数十分で行ける。王都までは単騎《たんき》で駆けても五日はかかる」

「あの……私、馬に乗れません」

乗せてもらうにしても、初めて乗るのにいったい何分耐《た》えられるだろう。乗馬はけっこう上下運動が激しくて、お尻《しり》が痛くなるって聞いたことがある。もし痛みを我慢《がまん》できたとしても、一人で馬に乗れない私を町まで連れて行ってもらうのは申し訳ない。

「……徒歩でも町までは行けるが、王都は無理があるな」

「ですよね」

「そもそもここは危険地帯だ。砦《とりで》の外に出るなら護衛が必要になる」

危険地帯？　それは初めて聞いた。だとすると、突然《とつぜん》現れた私はお荷物以外の何物でもないんじゃ……。

護衛なんてつけてもらうよりは、まだここで雑用でもして過ごしたほうが、少しは役に立てるだろうか。実質、選択肢は一つしかないような気がする。

「おとなしくここで過ごさせてもらいます。あの、その間お仕事とかもらえたりしませんか？　特別なことはできないんですけど……」

働かざる者食うべからずだ。元の世界では学生だったけれど、私ももう二十歳《はたち》なんだから、甘《あま》えてばかりはいられない。

「働きたいのか？」

「はい！　ダメですか？」

「いや……ここで働くとなると、使用人としてということになるが」

「お掃除《そうじ》とかですね！　大丈夫です、やらせてください！」

「それは構わない、が……」

彼は言いにくそうに語尾《ごび》を濁《にご》す。え、何、その間《ま》は！

「この砦には今、女に飢《う》えた狼《おおかみ》しかいない。不本意だろうが、しばらくの間はこの部屋から出ないほうがいい。襲《おそ》われたくはないだろう」

怖い顔で、脅《おど》すように言う。迫力に負けてこくこくと頷《うなず》くと、少しだけ表情が和らいだ。

ああ、わかった。たぶん、この顔は心配している顔なんだ。

「……俺に言えた義理ではないが」

言いながら今度は苦々しい表情になる。昨日、ぺろりと食べちゃった張本人としては、色々と複雑なんだろう。

「この砦には他に女の人っていないんですか？　料理作る人とか、掃除する人とか」

狼しかいないだなんて、女の人がいるならそんな言い方はしないだろう。少しは女手があったほうが便利だと思うんだけれど。

「女手がなくなったのは一週間前だ。強力な魔物《まもの》が近くまで来たため、戦えない者は避難《ひなん》させた。何事もなければ一週間後に戻ってくる」

「なるほど……あれ？　女の人がいないのに、どうして私がいたことを不思議に思わなかったんですか？」

ふと矛盾《むじゅん》に気づいて、私は首を傾げる。彼は夜這いをかけられたと思っていたはずだ。

そもそも女の人がいなかったなら、おかしいとは思わなかったんだろうか。

「上級魔法が使えれば人を転移させられる。戦闘《せんとう》で気が高ぶったときを狙《ねら》って送り込まれたものだと思っていた」

「せ、戦闘？　お兄さん昨日戦ってたんですか？」

「魔物とな。元々この砦は、魔物が近隣《きんりん》の町を襲わないよう造られたものだ」

「ほへー、魔物なんてものがいるんですね……」

そういえば、さっきも魔物が来たからって言っていた。この人は魔物と戦うためにここにいるらしい。現代日本では戦闘なんて非現実的すぎて、想像することもできないけれど。昨日見た彼の引きしまった身体は、戦うためのものなんだ。この世界が異世界だということを、ようやく実感した。


それから、立ち話もなんだということで、彼は私に書机の椅子《いす》に座るよう促《うなが》し、自分はベッドの端《はし》に腰かけた。そうして、これから使用人の人たちが帰ってくるまでどうするかを話し合う……というより、彼の話を聞くことになった。

まず差《さ》し迫《せま》った問題、私の服。これは彼が新品の使用人の制服を持ってきてくれた。早速《さっそく》着替《きか》えてみるとメイドさんになったみたいで心が躍った。胸が少し余ったのは内緒《ないしょ》だ。

下着だけはどうにもできなくて謝られたけれど、悪いのはトリップしたタイミングで、彼じゃない。「見ます？」ってスカートを持ち上げるふりをしたら、すごい勢いで顔を背《そむ》けられた。冗談《じょうだん》なのに。

ご飯は一日二回。朝と夜に男の人のご飯を多めに作ってもらって、部屋で一緒《いっしょ》に食べることになった。彼はお昼は大体仕事場で食べるらしいけれど、何か用意できそうなときは軽食を差し入れしてくれるらしい。それでもお腹《なか》がすいたときは、保存食があるからそれを食べていいとのこと。

働きたい、という希望については、一週間後に使用人さんたちが戻ってきたら契約《けいやく》を結んでくれるらしい。部屋は個室を用意してくれるつもりだったみたいだけれど、そこで特《とく》別扱《べつあつか》いされるのも微妙なので、他の使用人さんたちと相部屋《あいべや》にしてもらうことになった。とりあえずの処遇《しょぐう》は決まったものの、その先どうするかは国に話が通ってからまた考えることになるそうだ。後見人さんが優しい人であることを祈《いの》ろう。

「名前をまだ聞いていなかったな」

「あ、桜です。水上桜《みなかみさくら》」

「ミナカミサクラ？」

眉《まゆ》をひそめて、区切るところがわからないのかつなげて繰《く》り返《かえ》す。ちょっとかわいい。

「水上が名字で、桜が名前です。もしかしてこっちの世界だと順番逆なのかな」

「普通は姓《せい》が後ろに来るな」

「やっぱり、西洋風ですもんね、ここ。お兄さんのお名前は？」

「グレイス・キィ・タイラルドだ。ほとんど名前で呼ばれることはないが」

グレイスが名前で、タイラルドが姓だとして、間のキィはなんだろうか。ミドルネームにしては短いような……。この世界の名前の決まりごとがわからないから、なんとも言えない。

「じゃあ、みんなにはなんて呼ばれてるんですか？」

「隊長、と」

「隊長さん……？　軍隊かなんかの人でしょうか」

魔物と戦うと言っていたし、さっきまで私が貸してもらっていた上着も軍服みたいだった。今はもう返して彼が着ているけれど、ピシッと決まっている。

「第五師団隊長だ。第五師団は国の主要地域や、魔物の現れやすい地を守っている」

おお、どうやらすごく偉《えら》い人だったようだ。

師団っていくつあるんだろう。この国のことを色々教えてもらわないといけないけれど、隊長さんにそんな暇があるだろうか。部屋から出ちゃいけないなら、他の人に聞くこともできない。

「で、ここは魔物の現れやすい場所なわけですね」

「そういうことだ」

私の言葉に隊長さんは頷く。さっきもそれらしいことを言っていた覚えがある。よくあるファンタジー作品と同じで、魔物というのは危険な生き物なんだろう。隊長さんたちはそれから国の民《たみ》を守っているんだ。格好いいね！

「早速だが、俺はこれから仕事に行かなければならない」

そう言って隊長さんはベッドから立ち上がる。つられて私も椅子から腰を上げた。

「あ、そっか、隊長さんなんだからお仕事いっぱいありますよね。いってらっしゃい！」

「何度も言うようだが、部屋からは絶対に出るな。身の保障ができかねる」

どうやら隊長さんは心配症《しんぱいしょう》のようだ。姉と兄を思い出して、こっそり笑う。それとも、何回も言わないといけないくらい私が危なっかしく見えるんだろうか。残念ながら否定はできない。

「わかりました。私のために時間使わせちゃってすみません」

「いや、気にするな。今日の飯は、すぐに何か持ってこよう。好きなときに食べろ」

「ありがとうございます！」

ご飯と聞いてテンションが急上昇《きゅうじょうしょう》する。朝からガッツリ食べる派の私はすでに腹ペコだった。昨日の夕ご飯が最後だったし、ベッドの上で激しい運動もしたしね！　うん、下品でごめん！

「……素直《すなお》だな」

ご飯に対する反応がおかしかったようで、ふっと隊長さんは微《かす》かに笑《え》みをこぼした。

ズキューン、と胸だか心だかを撃《う》ち抜《ぬ》かれたような気がする。強面《こわもて》が和らいで、灰色の瞳に温かみが生まれていた。美形って、時として罪だと思いますっ！

「では、もう行く」

隊長さんはそう言い残して、足早に寝室《しんしつ》を出て行こうとする。私はハッとして、「あのっ」と呼び止めた。まだ、ちゃんと言えていなかったから。

「これから、お世話になります！」

私は勢いよく頭を下げた。九十度どころか、百二十度くらいだったかもしれない。

私を部屋に匿《かくま》うことは、お荷物が増えるだけで、隊長さんにとっては迷惑《めいわく》なだけだろう。精霊の客人だから保護しないといけないとしても、面倒《めんどう》なことには変わりない。

右も左もわからない世界で、とりあえずの居場所をくれた隊長さんには感謝しかない。だから私も、誠意を見せないといけないと思った。

「隊長さんにとってはお邪魔虫だと思いますけど、できるだけ迷惑かけないようにがんばります。もし私にできることがあったら、なんでも言ってくださいね！」

言いながら、私にできることってなんだろうと考える。背中を流すとか、マッサージとか？　大人《おとな》のマッサージはたぶん拙《つたな》いけど、お望みとあらばやぶさかではない。……すぐ下ネタに走るのは悪い癖《くせ》だってわかってます。でも、真面目《まじめ》な話は苦手なんです！

「俺のことは気にするな。昨日の詫《わ》びだと思ってくれればいい」

「詫び？　って、あー……」

昨日の、というのはおいしく食べちゃったことだろう。土下座までして謝ってくれたのに、隊長さんはまだ気にしていたらしい。ちゃらんぽらんな私と違って、誠実なのかな。

「お詫びの必要なんてないんですけどね。とりあえず、いってらっしゃい」

「ああ」

それ以上引き止めるわけにもいかず、私は隊長さんを見送る。

隊長さんはかなりの真面目さんのようだ。昨日はほとんど会話もなかったからわからなかったけれど、これなら、あのときもっとしっかり抵抗すればよかった。そうすれば隊長さんはきちんと話を聞いてくれただろうし、何も問題は起きずに、私に負い目を感じる必要もなかった。

後悔《こうかい》先に立たずとはこのことかと、少し落ち込みたくなった。


それからすぐに隊長さんが軽食のサンドイッチを持ってきてくれて、言葉少なに私に手渡すと、今度こそ仕事に行ってしまった。忙《いそが》しいのにわざわざ運ばせて申し訳ない。でも、バレないためには他の人に頼《たの》むわけにもいかないだろう。

異世界だからと少し心配だったけれど、サンドイッチは普通においしくて、口に合わないとかそういうことはなかった。食材とか調理法とか、私のいた世界とそんなに違わないんだろうか。醤油《しょうゆ》や味噌《みそ》はさすがにないとは思うけれど。

そういえば、さっき戦えない人は全員避難していると言っていたはず。それならこの料理はいったい誰が作ったんだろう。もしや戦える料理人がいるのか。何それすごい。

「四十六……四十七……」

食べ終わってからは一時間ほど、腹筋に背筋にスクワットと、とにかく身体を動かした。なぜかって？　そんなの太らないために決まってます！

だって、部屋から出ちゃいけないということは、強制的に引きこもり。食べて寝るだけの生活をしていたら絶対に太る。そうならないためには少しでも動いて、カロリーを消費しないと。

それから、書机の本立てに立てられている本を一冊取って、ペラペラと見てみる。

部屋の中では好きに過ごしていいと言われた。部屋の中のものを好きに見ても触ってもいいと。つまり、隊長さんは見られて困るようなものを私室に置いてないということだ。すごい、普通の男の人ならエロ本の一冊や二冊や十冊は……いえ、すみません。

そういえば昨日、辞書を借りたくて入ったお兄ちゃんの部屋で、エロ本を見つけたんだった。思わず机の上に置いちゃったけど……今頃お母さんに見つかっているかもしれない。ごめんなさい、わざとじゃなかったんだよ。ちゃんとあとで片そうと思っていた。

ぽつりと呟いて、それから慌てて首を振る。考えても仕方ないことを考えようとしてしまった。今はとりあえず、この世界のことを少しずつでも覚えていこう。

この本立てにある五冊の本は、どれも実用書だった。体術やら剣術《けんじゅつ》やら、私にはまったく理解できないものから、怪我《けが》の応急処置の仕方が書いてあるものまであった。応急処置は図解もあるし、自動翻訳のおかげかもしれないけれど、けっこうわかりやすい。

医学系は、時代によって移り変わりが激しい気がする。もしこの世界が私のいた世界よりも文明が遅《おく》れているなら、ここに載《の》っている内容が間違《まちが》っている可能性もあるだろう。私には医学的知識なんてないから、間違っていたとしても気づけないし、もちろん正解も知らない。こんなことになるなら、少しは調べておけばよかったかもしれない。

《ダイジョーブ、ダイジョーブ》

クスクス、という幼い笑い声と共に、そんな声が聞こえてきた。

え、と思って本から顔を上げてみるけれど、そこには誰もいない。当然だ。だってここは隊長さんの部屋で、今は私しかいないんだから。でも、それなら今の声は一体……？

その笑い声は、どこか聞き覚えがある気がした。いつだっただろうか。

う〜む、と頭をひねっていると、今度はすぐ耳元で笑い声がした。

「ええい、姿を現せ！」

私がそう叫《さけ》ぶと、笑い声はさらに大きくなった。音に表すなら、キャハハハ、といった感じだ。いる。確実に誰かしらがいる。姿は見えないけれど、これは絶対空耳じゃない。

《ダ～レだ！》

「わかるかっ！」

思わずつっこむと、笑い声は拡散した。どんな原理かは私にもわからないけれど、笑い声が四方八方から聞こえてくる。

複数人いるのか、ただ反響《はんきょう》しているだけなのか。高速で移動している可能性もある。

「……誰？　というか、何？」

姿が見えないのに声だけするなんて……考えたくないけど、幽霊《ゆうれい》とか……？

《ボクはオーフィシディエンオール》

「オーフィシデ……ええと？」

《好きに呼んでくれていいよ》

長ったらしい名前を一度で覚えられなかった私に、子どもみたいな声は言う。別に名乗ってほしかったわけじゃない。

「じゃあ、オフィで」

まあいっか、と思ってあだ名をつけてみる。人の名前を覚えるのは得意だから、もう一回言ってくれれば覚えられそうだけれど。長ったらしすぎる名前を呼ぶのも面倒だ。

《オフィ、オフィ、ボクはオフィ！》
「うんうん、わかったわかった」
《ふふふ～ん♪》
ご機嫌そうな声を聞いていると、こっちまでうれしくなってくる。喜んでもらえたみたいでよかった。でも、ごまかされません。
「で、君はなんなわけ？」
《ボク？　ボクは精霊だよ！》
精霊！　やっぱり存在してたんだね！
精霊の客人という呼び方からして、異世界人の私とは浅からぬ仲なんだろう。いつか会えたらいいなとは思っていたけれど、まさかこんなにすぐ出会えるなんて予想外だ。
「精霊かぁ、ファンタジーだね。その精霊さんが私になんの用かな？」
わざわざ会いに来たってことは、何か用事があるんだろう。いまだに姿を見せてくれないのが少し寂《さび》しい。精霊がどんな背格好をしているのか、とっても気になるところだ。
《キミの中の子に会いに来ただけだよ。ちゃんと溶《と》け込《こ》めたみたいだね！》
「私の中……？　溶け込めた……？」
何を言っているのかわからなくて、私は首を傾げる。私の中の子？　溶け込むって、一体化したってこと？　一瞬、ＲＰＧのモンスターみたいなキメラを想像してしまって、ゾワッと鳥肌《とりはだ》が立った。

《じゃあね！》

最後にそう言い残して、笑い声は急速に遠ざかっていく。

「あ、ちょっと！」

待って、と言う間もなかった。

もうあの子どもの笑い声は聞こえない。いきなり現れていきなり消えてしまった。精霊って自由奔放《ほんぽう》な生き物なんだね……。

「結局、なんだったの？」

呟いたところで、答えてくれる人はすでになく。私ははてなマークをそこら中に飛ばす。

耳に残るような不思議な笑い声が、今も響《ひび》いているような気がする。

あ、そっか、とそこで私はようやく思い出した。

そういえば、異世界トリップする直前にも似たような笑い声を聞いたんだ、と。


自称《じしょう》精霊の声が聞こえなくなってから、ゴロゴロしたりまた運動したり本を読んだりして時間を潰《つぶ》した。ぼーっとしているのも嫌《きら》いじゃないし、時間の潰し方はいくらでもある。こんなに非生産的な時間を過ごしていると、怠け癖《なまぐせ》がつきそうで怖いなとは思いつつ。

時計の青い針が四周したところで隊長さんが部屋に戻ってきた。この世界の時計は赤くて太い針と青くて細い針というだけで、形状はほとんど一緒だから時間もわかりやすい。

「お仕事お疲《つか》れさまでした！」

隊長なんていうからには、きっとすごく大変なお仕事なんだろう。少しくたびれた様子の隊長さんに、私は労《ねぎら》いの言葉をかけた。

「……ああ。まだ終わってはいないが」

「休憩《きゅうけい》時間ですか？」

「そうだな」

ふむ、この世界にも労働基準法みたいなものがあるのかわからないけれど、休みなく働かされることはないらしい。よかった。

「やる。好きなときに食え」

「へ？　あ、ラスクだ！　ありがとうございます！」

私にお昼代わりのおやつを渡して、隊長さんはすぐお風呂に入ってしまった。こんな中途半端《ちゅうとはんぱ》な時間に入るのは、今までずっと身体を動かしていたからららしい。さすが軍人。

早速、貰《もら》ったラスクを食べてみると、サクサクっとした食感とガーリックの風味がたまらない。順調に餌付《えづ》けされている気分になる。口の中が乾《かわ》くけれど、保存食の中にちゃんと水もあったから大丈夫。魔法で長期保存できるようにしてあるらしい。

ラスクをもぐもぐしている途中《とちゅう》に、隊長さんはお風呂から出てきてしまった。早いよ！　カラスの行水か！　汗を流すだけでも私だったらもっとかかる。髪の毛の長さが違うからかとも思ったけれど、私だって肩より少し下までしかないから、そう変わらないだろう。

私のことを考えてくれてか、着替《きが》えは全部脱衣所《だついじょ》で済ませてくれたようだ。裸《はだか》で出てこられてもジーっと観察するだけだから、気にしなくてもいいのに。むしろそれが嫌《いや》だったのかもしれない。

「精霊らしきものに会いました。姿は見せてくれませんでしたが」

口の中のラスクを飲み込《のこ》んでから、隊長さんに報告する。別に言わなくてもいいのかもしれないけれど、何が重要で何がどうでもいいことなのか、今の私には判断がつかない。いきなり異世界トリップなんてものをしてしまって、その理由もよくわからなくて、頼《たよ》れる人は隊長さんしかいないという、この状況。報告連絡相談《ホウレンソウ》は欠かせないと思うのだ。

「……精霊」

短い髪をガシガシと拭《ぬぐ》っていた隊長さんは、そう呟いてこっちに目を向けた。どうやら興味を引けたらしい。

「でも、ロクに説明もしてくれずに消えちゃったんです。ひどいですよね」

「精霊とは気まぐれなものだ。会えただけすごい。精霊の客人なのだから、当然なのかもしれないが」

ほほう、精霊は簡単には会えないものなのか。じゃあ私はレアな体験をしたらしい。

「精霊の客人って、どういう意味なんですか？」

私のことを指しているのはわかるけれど、どうしてそう呼ばれるのかはわからない。異世界人イコール精霊の客人というのは確実として、どうしてそんな呼び方をするのか、理由を知りたい。興味本位なだけじゃなくて、自分にも関係のあることだから。

「そのままの意味だ。精霊がこの世界に喚《よ》んだ、客人」

なんと、異世界トリップの原因は精霊だったのか。あのとき聞いた笑い声はやっぱり精霊のものであっていたらしい。ある意味、私は精霊に誘拐されてきたってことだろうか。

犯人が判明しても恨《うら》む気持ちはわいてこない。今のところ不幸にはなっていないから、よしとしよう。あんまりシリアスな展開は私には向いていない。

「じゃあ異世界トリップというより、異世界召喚《しょうかん》になるのかな。そこらへんの違いを厳《げん》密《みつ》に定義しようとすると難しいけど」

「お前の言葉はよくわからない」

「ジャンルの話です」

「……別に説明しなくてもいい。どうせ理解はできない」

隊長さんはあっさりと理解するための努力を放棄《ほうき》した。別に難しい言葉は使っていないのに。自動翻訳のせいというわけでもなさそうだ。

「こっちにはそういう物語ってないんですか？　大衆文学、というか」

「庶民《しよみん》向けの娯楽《ごらく》小説のことか？　流通はしているが、俺は読んだことがないな」

「楽しいのに、もったいない」

私は漫画も小説もけっこうよく読むほうだ。特に好きなのは少女漫画や少女小説、まあつまりは恋愛《れんあい》もの。子どもの頃《ころ》からお姉ちゃんに借りて読ませてもらっていた。高校生くらいからは自分でも買って、貸し合ったりしていた。

現実では絶対にありえないようなヒーローとか、何かしら事件が起きても愛を育むためのスパイスでしかないとか。フィクションの恋愛って、すごく波乱万丈《はらんばんじよう》で面白い。

「読みたいなら用意してやる。ずっと部屋にいてもやることがないだろう」

「あ、それは助かります！　筋トレしすぎてムキムキマッチョになっても困りますから」

私が勢《いきお》い込《こ》んで言うと、隊長さんは変な顔をした。何を言っているんだ、お前は。とでも言いたげな顔。だって、それくらいなんにもすることがなかったんですよ。

「それにしても、精霊の客人だなんて言葉が定着するくらいには、異世界人が来るってことなんですか？」

もし私が異世界人第一号だったら、こんなに楽はできなかったはずだ。異世界人を迎《むか》える態勢が整っているのは、それだけ前例があるということじゃないだろうか。

「どうだろうな。数十年に一度という頻度《ひんど》を多いと言うか少ないと言うかは人による」

「私的には多い感じです。なら他の異世界人と会えちゃったりするのかな」

数十年だなんて範囲《はんい》が広いけれど、一人二人くらいは生きていてもおかしくない。

異世界人同士で力を合わせて……なんて展開がフィクションではあったりする。とはいえ、実際そんなことが自分の身に降りかかっても困るだけなのでやめてほしい。

「現在生きている精霊の客人となると、俺が聞いたことがあるのは北の国の皇妃《こうひ》くらいだが、馬で二月《ふたつき》はかかるぞ」

「いさぎよく諦《あきら》めまーす。というか皇妃様とかほんとお約束すぎません!?」

皇妃！　皇帝《こうてい》のお妃様《きさき》!?　すごい玉《たま》の輿《こし》じゃないか。

異世界トリップ先がお城だったとか、王様の目の前だったとか、そういうことだろうか。私だって隊長さんの部屋のベッドの上だったんだから、ありえなくはない。

「もう一つ質問。異世界人に役目とかあったりしますか？」

世界を救ってください！　とか、もし言われたら困る。隊長さんの様子や今まで聞いた話からして、そういうものはなさそうだと予想しながらも、確証が欲《ほ》しかった。

「役目か。国の要人と結婚《けっこん》したり、国のためになる技術や知識を広めたり、ということはあったようだが、強制されるようなことではないだろう」

「よかった、一安心です」

異世界人ということで理不尽《りふじん》な目に遭《あ》うことはとりあえずなさそうだ。後見人になってくれる人が悪い人じゃなければ、異世界生活もそう悪いものじゃないのかもしれない。

「そもそも客人を招くのは気まぐれな精霊だ。精霊と交流できる者が言うには、精霊の戯《たわむ》れの一つらしい」

「たわむれ⁉　遊びで異世界トリップさせられちゃうんですか⁉」

なんだそれ、と私は目を剝《む》いた。精霊って、そんな好き勝手してるの⁉

「たしか、『世界が善へと導かれる可能性を増やす』だとかどうとか」

「難しくてよくわかんないです」

「精霊の客人が来ることで、この世界がよりよくなる可能性が増える、ということだ」

「あんまり嚙み砕《くだ》けてない気がします……！」

自慢じゃないけれど、私はそんなに頭の出来がよくない。大学でも、難しい講義のレポートはいつも友だちに手伝ってもらっていた。

「これ以上は俺には無理だ。専門家にでも聞け」

隊長さんは説明が苦手らしい。人と話すこと自体あまり得意そうには見えないのに、私のためにがんばってくれたんだろう。

「ちなみに、精霊の客人とやらは元の世界に帰れますか？」

一番気になっていたことを、さも今思いつきましたとばかりに聞いてみた。

私の質問に、隊長さんはすべて真面目に答えてくれている。だから、今後を左右する一番重要なことを聞く気になれた。

きっと隊長さんは、こんな大事な質問で嘘《うそ》はつかない。

「……そういった話は聞いたことがない」

押《お》し殺《ころ》したような声で、隊長さんは答えた。可能性として考えていた答えだった。思っていたよりも冷静に、私はそれを受け止められた。

「そう、ですか。わかりました」

でも、笑顔を作ることには失敗してしまったのかもしれない。隊長さんが痛ましそうな表情をしたから。

「役に立てずにすまない」

「え、そんなことないです。たくさん質問に答えてくれたじゃないですか」

「お前の望む答えではなかっただろう」

青みがかった灰色の瞳が、気遣《きづか》わしげに細められる。

今ではもう、彼のことを怖いなんて完全に思わなくなっていた。総合して見ると強面で迫力があるし、ほとんど表情の変化がないから何を考えているのかわかりにくい。けど。

目が、違うんだ。

一見睨《にら》んでいるような目つきの悪さ。でも、その瞳の奥には多彩な感情が宿っている。たとえば今、私のことを本気で心配してくれているのが伝わってくるように。

「望むとか望まないとかじゃなくて、必要な答えをくれました。だから、ありがとうです」

いつか帰ることができるかも、と可能性のない夢を見続けるほうが、よっぽどつらい。ありのままの事実を教えてくれた隊長さんは正しいし、私のことを考えてくれているんだとわかる。

「だが……」

「隊長さんは優しい人ですね」

納得《なっとく》していないらしい隊長さんに、私は思わずニマニマしてしまう。いい人だなぁ、隊長さん。

私の幸運は、トリップ先がこの人の部屋だったことだ。いきなり十八歳《さい》未満お断りな展開になったりはしたけれど、あれは私の説明不足が招いた結果だから仕方ない。

イケメンでエロエロな隊長さんは、実は真面目で誠実で、優しい人だった。出会ったばかりの異世界人の私のことを、真剣《しんけん》に考えてくれる人。うれしくて、ありがたくて。たぶん、今の私は緩みまくった表情をしている。

「……そんなことを言われたのは、初めてだ」

困惑《こんわく》したようにわずかに眉をひそめながら、隊長さんは言った。

へえ、そうなんだ。隊長さんの周りの人はみんな、見る目がないんだろうか。ただ単に、隊長さんがいい人なのが当たり前すぎて、誰も言わないだけだったりして。

それから隊長さんは仕事に戻って、私はまた部屋に一人残された。

隊長さんが本を数冊持ってきてくれていたから、今度はそれで暇を潰すことができた。私の希望を聞く前だったから、物語よりも実用書のほうが多かったけれど、善意でしてくれたことに文句なんてあるわけない。でも、次はこういうのがいいっていうリクエストは控《ひか》えめに伝えてみた。隊長さんは特に気にした様子もなく、わかったとだけ答えてくれた。優しいです隊長さん。素敵です隊長さん。

部屋に一人っきりなので、お行儀《ぎょうぎ》悪くベッドで横になりながら本を読む。昨日、あはんうふんなことをいたしちゃったベッドだけれど、どうやら私に乙女回路は搭載《とうさい》されていないらしく、キャッ恥《は》ずかしい！　なんてなったりはしない。

私、女子力低いんだろうか。由々《ゆゆ》しき事態だ。でも、いちいち恥ずかしがっていたらこの部屋で暮らすことなんてできないし、よしとしよう。

三冊目を読んでいる途中で外が暗くなってきて、窓から光が入らなくなってきた。電気をつけなきゃ、と当然のように思ってから、ふと気づいた。

……どうやって電気をつけるんだろう。

寝室の明かりは天井に大きな平べったい円形のものと、壁《かべ》に間接照明のようなものが二つある。でも、電気のスイッチらしきものはどこにも見当たらない。

「……もしかして、魔法とか？」

その可能性はなくはない、というよりもけっこう高いような気がする。

というのも、昨日隊長さんが部屋に入ってくるとき、スイッチをつけるような動作がなかったから。隊長さんが部屋に入ってきて少しして、ひとりでについたように見えた。昨日は感知式かと思ったけれど、それならすでに電気がついているはずだ。

もし、電気をつけるのに魔法を使わないといけないなら、私は電気をつけることすら人任せにしないといけないんだろうか。

異世界トリップのお約束としては、強大な魔力《まりょく》を持っていたりするものだけれど、隊長さんは特に何も言っていなかった。自分に魔力があるのかどうかもわからないし、仮に魔力を持っていたとしても、使い方がわからない。

意味もなくうんうんうなっている間に、部屋はどんどん暗くなっていく。あと数十分もすれば真っ暗になるだろう。部屋が暗いと、できることはほとんどなくなる。

……よし、寝《ね》よう！　さほど考えることなく、私はそう決定を下した。

寝るといっても、本当に眠《ねむ》るわけじゃない。ごろごろ横になって、ぐうたら過ごそうというわけだ。何もできないんだからしょうがない。しょうがないってことにしておく。

どのくらいそうしていたんだろう。窓の外がすっかり暗くなってから、さらに一時間は経《た》ったかもしれない。扉の開く音がして、私は目を開いた。

いや、寝てはいませんよ、寝ては。ちょっと横になって目をつぶっていただけですよ。本当ですってば。

「寝ているのか?」

隊長さんの声に反応したように、部屋が明るくなる。本当、どういう仕組みなんだろう。

「起きてますよ~。やることないのでごろごろしてただけです」

「……のんきだな」

身体を起こしながら私が答えると、隊長さんはため息をついた。呆《あき》れられただろうか。私が真面目な人間じゃないことは、すでに隊長さんも知っているはずなのに。

「隊長さん、明かりってどうやってつけるんですか?」

わからないことは聞くしかない。すごく地味だけれど、毎日必要なものだ。

「照明なら、魔力を魔具《まぐ》に……そうか、お前の世界には魔法がないんだったな。魔力がないのか……」

「ってことはやっぱり魔力使うんですね」

私はがっくりと肩を落とした。私、魔力ないのか。この世界には魔力を持っていない人はいないんだろうか。もしいたらその人は明かりもつけられないわけだから、たぶんいないんだろう。隊長さんの反応からして、この砦限定のことでもないみたいだし。

「だから部屋が暗かったのか」

「その通りです。困ったなぁ、私、一人じゃなんにもできないんですね」

納得したように言う隊長さんに、私は力なくそう返すしかない。異世界生活、早速暗《あん》礁《しょう》に乗り上げてしまった……。

「次からは身の内の精霊に頼むといい。お前の代わりに魔力を使ってくれるだろう」

うなだれていた私に、隊長さんは不思議なことを言い出した。

「みのうち？　私の中に精霊がいるってことですか？」

「ああ、気配を感じる」

さらっと言うけど、すごいな隊長さん。そんなことがわかるなんて。

そういえば、今日会った精霊とやらが、「キミの中の子に会いに来た」とかなんとか言っていたような。つまり、そういうことなのか。それならそうとあの精霊もちゃんと説明してくれたら、キメラを想像しないで済んだのに。

「そっか、中にいるのって精霊なんだ。中に入れちゃうものなんですね」

「言葉が通じているのもその精霊のおかげだろう。話している言語はどうやら違うようだからな」

　こんなところで自動翻訳の仕組みが発覚です。

　同じ言葉を話しているのかどうかは、字幕映画と同じで、口の動きをよーく見ればわかる。たしかに隊長さんが話してるのも日本語ではなさそうだ。お互《たが》い普通にしゃべっていて、それを精霊さんが翻訳してくれているんだろう。なんて便利なんだ、精霊さん。

「異世界トリップのお約束、自動翻訳ですね」

「お約束かどうかは知らないが」

「ごめんなさい、軽く流してください」

　フィクションを読まない隊長さんに通じないのは当然だ。隊長さんが大真面目に言うものだから、自分が不真面目な人間みたいに思えてくるじゃないか。その通りだけど。

「客人が精霊の護《まも》り人だというのは本当なんだな」

「精霊の護り人？」

「精霊をその身に宿し、特別な加護を受けた者のことだ。あまりあることではない」

「へー、つまりは特別待遇《たいぐう》なわけですね。すごいなぁ異世界トリップヒロイン」

　手続きをすれば後見人をつけてくれることといい、この世界は異世界人に優しい。異世界人の私としてはそのほうが助かるから、本当にありがたいことだ。

「精霊の客人は別に女性とは限らないが」

「ああ、男の人だと、勇者様～って崇められたりするのがお約束ですよね」

「勇者か。そんな伝説もないわけではないな」

「やっぱあるんだ……」

異世界人には特に役目はないって教えてもらったけれど、過去にはそういう偉業《いぎょう》をなした人もいるのか。

だからこの世界は異世界人に優しいのかもしれない、とふと思う。厚遇《こうぐう》すれば、国や世界にとってプラスになってくれるかもしれないから。もし、私にもそれを期待されているとしたら、応《こた》えられそうにないから申し訳ない。

「何百年も昔の話だ。実話かどうかも怪しい」

「勇者自体は本当にいたとしても、好き勝手に脚色《きゃくしょく》されてたりしそうですね」

何百年も前というと、私の世界での戦国時代のようなものだろうか。事実を知っている人なんてどこにもいないから、創作し放題だ。

「その勇者の伝説を元にした小説も持ってきた。何かの参考になればと思ってな」

「わぁ、ありがとうございます！」

冒険《ぼうけん》活劇！　個人的にはそこに恋愛が絡《から》んでいるとうれしいです。参考に、なんて考えないで、単純に読書を楽しんでしまいそうだ。何はともあれ、感謝感謝。

「夕食もそろそろ持ってきてくれるだろう。皿を分けることはできないから面倒だが、一緒に食べよう」

「ご飯！　言われたらお腹空《す》いてきました！」

　私はピョンとベッドから跳《は》ねるように下りた。もう七時過ぎだし、ちょうどいい時間帯だろう。お昼はラスクだけだったから、油断したら今にもお腹が鳴ってしまいそうだ。

「届けられるまで俺はあちらの部屋で仕事をしている。何かあったら呼べ」

「仕事、持って帰ってきたんですね。お疲れさまです」

「いつものことだ。急ぎのものでもないから気にするな」

　そう言う隊長さんは本当に何も気にしていなさそうに見えた。隊長さんはお仕事が好きなんだろうか。いかにも真面目な隊長さんらしい。

「無理はしないでくださいね」

「……ああ」

　隊長さんは少しだけ表情を和らげた。笑顔というほどでもないけれど、優しい表情。たった一日で、そういうのを見分けられるようになったくらいには隊長さんのことを知ることができた気がする。

　何しろ、一糸まとわぬ姿で交わっちゃった仲ですし？

　……ごめんなさい、下ネタはちょっと控えます。

夕ご飯もとてもおいしかった。

木の実入りのパンに、ビーフシチューに卵焼き。サラダとデザートには果物。

スプーンやフォークが一つずつしかないのを隊長さんは気にしていたけれど、私は別に間接キスとか全然平気なタイプだ。回し飲み回し食べを、友人間で普通にしていたから。

サラダの野菜は見覚えのある感じで、果物は色も形も味もリンゴそのものだった。やっぱり食文化にはあまり違いはないようだ。

この国は基本パンと麺類《めんるい》が主食だけれど、お米もあるらしい。炊《た》くんじゃなくて、リゾットやドリアにして食べる。私の国はお米が主食だったと伝えたら、楽しみにしておけ、と隊長さんは少し優しい顔で言ってくれた。

たぶん、お米が出るより使用人のみんなが戻ってくるほうが先だろう。そうしたら隊長さんに気を遣わせることなく、一人前をちゃんと食べられるようになる。

野菜が甘くておいしいと言ったら、春野菜だからとのことで、今さらながら季節を知ることができた。

ちょうどいいからと詳《くわ》しく聞くと、今は四月で春の盛《さか》り。一年は十二ヶ月で一ヶ月は三十日前後。驚《おどろ》くことに暦《こよみ》は元の世界とほぼ一緒だった。この国は全体的に温暖な気候で、話を聞く限りでは日本よりも四季の移り変わりが穏《おだ》やかなようだ。

そうそう、気になっていた料理人のことも聞くことができた。料理人の中に退役《たいえき》軍人が二人いて、自分の身を守るくらいはできるからと避難はしなかったんだとか。もちろん、たった二人で砦全体のご飯を作れるわけもなく、今は持ち回りで隊員さんが手伝っているらしい。野営することもあるから、みんな簡単な料理はできるんだそうだ。軍人は意外と女子力が高いことが判明した。

そんな話を聞きながらご飯を食べて、食後は思い思いに過ごした。

明かりを一度消してもらって、ちゃんとつけられるかどうかも試した。原理はわからないけれど、精霊さんお願い！　と内心で頼んでみたら、あっさりついた。こんなに簡単でいいんだろうか。私は楽ができてうれしいけれど。

ふと思い出したのは、朝にシャワーを浴びたときのこと。いきなりお湯が出てきたあれも、今思えば精霊のおかげだったんだろう。


でもって、おやすみの時間となったわけなんですが。

「ベッドはお前が使え。俺はソファーで寝る」

と、隊長さんがおっしゃるものだからさあ大変。

「そんな、部屋主を差し置いてベッド使うなんてできませんよ！　私、そんな恩知らずじゃありません！」

これが私の主張。正しいよね。何一つ間違ったことは言っていないはずだ。

「俺がいいと言っているんだ。遠慮《えんりょ》する必要はない」

「遠慮します、させてください！　断固拒否《きょひ》します！」

隊長さんの主張もさっきから変わることがない。レディーファースト的な考えかもしれないけれど、何事にも例外はつきものだと思う。隊長さんはこの砦を、ひいては国を守っている大事な身の上だ。休めるときにちゃんと休んでおかないといけない。

「そんな格好で、ベッド以外で寝れば風邪を引く」

隊長さんは顔をしかめつつ、微妙に私から視線をそらした。

そんな格好、というのは隊長さんに借りたシャツ一枚という姿のことだ。使用人の制服は、当然ながら寝るには適さない。一週間後には私のものになる予定とはいえ、しわくちゃにしてしまうのは悪い。渋《しぶ》る隊長さんに頼み込んで、シャツを貸してもらったというわけ。体格差のおかげで普通にワンピースみたいになっているから私は気にならないんだけれど、隊長さんはさっきから私と目を合わせてくれない。

「私、丈夫だから全然平気です！　私のほうが身体ちっちゃいですし、ソファー向きだと思うんですよ。隊長さんだって広いベッドでゆっくり寝たいでしょ？」

「それはお前にも言えることだ」

「むう。隊長さん、頑固《がんこ》です……」

どちらも一歩も譲《ゆず》らない。ここは隊長さんの寝床《ねどこ》で、私は降ってわいた居候《いそうろう》だ。なのに、どうして私のことを優先しようとするんだろう。

「隊長さんが優しいのはもう充分《じゅうぶん》わかったので、おとなしくベッドで寝てください」

「……優しいとか、そういうことではなく」

「じゃあなんなんですか？」

「お前は女だろう」

「そんなの関係ありません。隊長さんはちゃんと休むべきです」

こういうことを言うとあれだけれど、私のためにも、隊長さんにはきちんと睡眠《すいみん》を取ってもらう必要がある。たとえば万が一、この部屋に魔物が入ってきたら、戦うのは隊長さんだ。戦えない私よりも、隊長さんは自分の休息を優先するべきなんだ。

沈黙《ちんもく》が続く。隊長さんも私も、かたくなになっている気がする。もうどれくらい時間を無駄《むだ》にしただろう。二人して頑固なら、どこかに妥協点《だきょうてん》を見つけないといけない。

「もういっそのこと、一緒に寝ます？　昨日みたいに」

私がそう言うと、隊長さんの眉間にふかーい皺が刻まれた。あ、昨日みたいに、というのは失言だったかもしれない。昨日の場合は、〝寝た〟の意味が要深読み案件だった。とはいえ、それはひとまず置いておいてほしい。

「このままだと、いたずらに睡眠時間が削《けず》れるだけの気がするんです。思いつきですけど、名案じゃないですか？」

「……お前はそれでいいのか？」

「いいも何も、私が提案したんですけど」

ダメだったらそもそも提案したりしない。隊長さんの睡眠時間を守るためにはそうするのが一番だと思っただけのこと。

「……わかった」

隊長さんが頷くまで、一分以上はかかった気がする。粘《ねば》られたけれど、これで私の勝ちだ。ふふんと勝ち誇《ほこ》るように笑ってみせたら、隊長さんの眉間の皺がさらに一本増えた。

一緒にベッドに入って、横になる。ベッドからは当たり前ながら、嗅《か》ぎ慣《な》れない男の人の匂《にお》いがした。まるで抱きしめられているようで、少しだけドキドキする。

といってもベッドは恐《おそ》ろしく広くて、私と隊長さんの間にはもう一人横になれるくらいのスペースが空《あ》いている。抱きしめるどころか体温すらまったく伝わってこない。

明かりが落とされると、唯一《ゆいいつ》感じる隊長さんの気配は、隣《となり》から聞こえる規則正しい息遣いのみ。

「ええと……しないんですか？」

声をかけると、間髪《かんはつ》を入れず隊長さんがむせた。ゴホゴホとけっこう派手に音が聞こえるけれど、大丈夫だろうか。

「……何を言っている」

「や、だって初対面でいただかれちゃいましたし。そういうことなのかなぁなんて」

地を這うような低い声に、私は言い分を口にする。

男の人というのは、据《す》え膳《ぜん》はおいしくいただくものだと思っていた。部屋から出ちゃいけないというのも、心配なのも本心ではありつつ、そういう目的も含《ふく》まれているのかもと思っていたんだけれど……。

あれ？　もしかして私は、恥ずかしい勘違いをしていたのでは。

「お前の意思ではなかったんだろう」

隊長さんは深いため息を吐《は》く。暗闇《くらやみ》に目が慣れてくると、窓から入ってくる月明かりや星明かりで、隣に寝ている人の様子が微かに窺《うかが》える。

「まあそうなんですけど。すごく気持ちよかったから別にいいかなー、なんて」

隊長さんは好みのイケメンだし、いい人なのももう知っている。したいのかと言われると、そういうわけではないけれど、そうなってもいいかなとは思っていた。この人なら、別に嫌じゃないと。

「あ、隊長さんの好みじゃないって言うならしょうがないですね、すみません」

「そうじゃないが……」

隊長さんはまた、ため息を一つ。

「もう少し、自分を大切にしろ。俺に言えた義理ではないが」

大きな手が伸《の》びてきて、私の頭をぽんぽんと二回撫《な》でた。その手つきがあまりにも優しくて、私は何も言えなくなってしまった。

じゃあ、本当に。

彼は善意だけで、この部屋を出るなって言ったんだ。

自分を大切にしろ、なんて、今まで言われたことはなかった。大切にしていないつもりではなかったし、私は私のしたいようにしているんだから、それでいいって。私も友だちも、そんなふうに思っていた。

隊長さんみたいに、真っ向から心配してくれる人はいなかった。

「……隊長さん、いい人ですね」

「本当にいい人なら初対面の女を抱いたりはしない」

「そこは、ほら、人間誰だってちょっとばかしハメを外しちゃうことはありますよ」

だから別に隊長さんが悪い大人なわけじゃない。私なんてちょっとじゃ済まないくらいにはいつもハメを外してばかりだ。

「お前は、変わっているな」

「あ～、わりと言われ慣れてます、それ」

変わってるとか、変とか、面白いねとか。それは絶対褒《ほ》めてないといつも思っていた。私としては普通にしてるつもりだけれど、多くの人にとっての普通とは、少しずれているのかもしれない。

「もう抱かない。だから安心して寝ろ」

隊長さんの声は落ち着いていて、そのくせキッパリしていた。安心していいのか、私は少しだけ悩《なや》む。隊長さんを信じていないから、とかではなくて。

「ありゃりゃ、残念です……」

その言葉は、隊長さんには冗談にしか聞こえなかっただろう。もちろん、そのままの意味というわけでもない。

でも。

本当に、ちょっとばかり、残念だなぁって思っていたりした。

2 内緒の同室生活、開始です

目が覚めたら全部夢でした、なんてことがあるわけもなく。私は隊長さんの部屋の、隊長さんのベッドで朝を迎《むか》えた。

隊長さんはすでに身支度《みじたく》を終えていて、朝ご飯も食べ終え、仕事に行く準備万端《ばんたん》だった。

私の分はちゃんと残してあるから寝《ね》ていていいと言われたけれど、そのときにはもう眠気《ねむけ》は飛んでいた。眠《ねむ》くなったら昼寝《ひるね》すればいいかな、と私はお布団《ふとん》とグッバイした。

彼《かれ》シャツ姿だと隊長さんが目を合わせてくれないので、早々に使用人の制服に着替《きか》えて、ふかふかのパンに舌鼓《したつづみ》を打つ。

トントン、とノックの音がしたのは、ちょうど私が朝食を食べ終わったときだった。

「隊長～？」

その声は、二枚の扉《とびら》に隔《へだ》てられているからか、小さくくぐもって聞こえた。

「朝も早よからすみませんね。今日の予定の確認《かくにん》に来ました」

扉の前の人は、すぐには部屋に入ってこなかった。じっとしていれば気づかれないとわかっているのに、身体《からだ》がカチコチに固まってしまう。

「少し待て」

扉の向こうに聞こえるように隊長さんは声を張り上げた。それから私を振《ふ》り返《かえ》り、ここにいろ、と本当に微《かす》かな声で囁《ささや》く。私は無言で頷《うなず》いて、リビングに行く背中を見送る。

「入っていいぞ」

寝室《しんしつ》の扉をぴっちり閉めてから、隊長さんはそう言った。直後、ガチャリと扉が開かれる音がした。

今、すぐ隣《となり》の部屋に隊長さん以外の人がいるんだ。隊長さんいわく、女に飢《う》えた狼《おおかみ》が。

「大規模な魔物《まもの》の来襲《らいしゅう》も一段落ついた、ということで、今日から通常通りの仕事内容になります。とはいっても昨日《きのう》に引き続き事後処理があるので、隊長は大忙《おおいそが》しなわけですが。まあ隊長が忙しそうなのはいつものことですよねぇ」

よく通る声質なのか、話の内容が寝室まで聞こえてきた。部下にしては砕《くだ》けた口調は、それだけ隊長さんと仲がいいということか。立場を越《こ》えた友情というのは、いいものだ。その緊張感《きんちょうかん》のない声に、私はすっかり気が緩《ゆる》んでしまった。まさか隣の部屋に人が潜《ひそ》んでいるとは思うまい。私は扉へと近づいていき、そーっと耳をつけた。

「隊長が忙しくしてるおかげでオレたちも休めないんですよ～。上司が働いてるのに休むわけにいかないって、みんななんだかんだやる気で。もうちょっと手を抜《ぬ》いてくださいよ」

「……おかげか」

「ええ、おかげさまでね」

「忙しいのは当然だろう。文句なら魔物に言え」

「言おうにも今はもう生きてないでしょうよ。鬼《おに》のような隊長が殲滅《せんめつ》しましたからね」

「なら、黙《だま》って働け」

「隊長みたいな仕事人間じゃないんで、文句くらい許してください。心配しなくても仕事はちゃんとしますよ」

どうやら話の相手は隊長さんとは似ても似つかない性格をしているらしい。隊長さんが仕事人間だなんて、想像通りすぎて笑いをこらえるのが大変だ。

「そうそう、不思議なことを耳にしたんですけど……ってあれ？　隊長、窓の外に……」

その言葉に私も窓の外を見る。ここからは特に何も見えないな……と思っていたら。

ガチャッ。

聞こえた音に首を元に戻《もど》すと、目の前には見知らぬ男の人。

「わ～、噂《うわさ》、本当だったんだ」

噂とはいったいなんのことだろう。思わず首を傾《かし》げて、目の前の人を見上げる。くるくるした茶色の髪《かみ》に、葉っぱのような緑の瞳《ひとみ》。隊長さんよりも若くて細身。加えて、隊長さんとは系統の違《ちが》う甘《あま》いフェイス。こやつ、絶対にモテる。

しばし見つめ合い、ハッと我に返る。……ば、バレた。

隊長さんは扉の向こう側で固まっていた。彼にとってもこれは不測の事態なんだろう。窓の外がどうのっていうのは、隊長さんの意識をそらすための嘘《うそ》だったのか。

「君、誰《だれ》？　隊長の愛人さん？」

「あ～、愛人候補に名乗りを上げておこうかなぁなんて思ったりしなかったり」

完全に思考停止状態で、何も考えずにそう口走ってしまった。

「何それ、面白《おもしろ》いこと言うね～」

その人は、あははっと明るく私の言葉を笑い飛ばす。

これは、どうすればいいんだろうか。助けを求めるように隊長さんに視線を送ってみるけれど、隊長さんもどう対処するべきか悩《なや》んでいるようで、難しい顔をしていた。

「ね、隊長やめて、オレとイイコトしない？」

「たっ、隊長さんよりうまい自信があるならどうぞ！」

「あははははははっ!!」

大笑いする色男に、私はぽかんとしてしまう。自己防衛のために選んだ言葉は間違《まちが》っていないはずなのに。隊長さんの手練手管《てれんてくだ》はすごかった。それ以上というのは厳しいはず！

「隊長よりかぁ、それは試《ため》してみないとわかんないんじゃないかな～？」

あろうことか、色男はそんなことを言ってきた。そんなに自分に自信があるんだろうか。

たしかに、イケメンはエッチが上手という法則が本当にあるんだとしたら、この人は隊長

さんと同じか、それ以上にうまいことになる。おお、それはいけない……。

「謹《つつし》んでお断りします。なんとなく変態っぽい顔してるし、私ドノーマルなんで！」

「すごい偏見《へんけん》だけど、安心して、オレはどんなプレイでもいけるよ」

「安心できませんってそれ！　どんなプレイでもしませんからねっ！」

「お前ら……」

隊長さんは低い声をもらし、つかつかと私たちに歩み寄ってくる。その両手が伸《の》ばされ、片手で私の頭を軽く小突《こづ》き、片手で男の人の頭を殴《なぐ》った。……すごくいい音がしましたね。

「ッ、今めちゃくちゃ贔屓《ひいき》しましたね隊長！」

「贔屓じゃなくて区別です！　女の子は丁重《ていちょう》に扱《あつか》わなきゃいけないんです！」

涙目《なみだめ》で隊長さんに抗議《こうぎ》する色男に、私は言ってやった。ジェントルマンな隊長さんが女を本気で殴るわけがない。

「隊長の趣味《しゅみ》も変わりましたね。どこの子ですかこの子？」

「……精霊《せいれい》の客人だ。気づいたらこの部屋にいたらしい」

「ああ、だから昨日、隊長の部屋に女がいたって噂になってたわけだ。女日照りで夢でも見てたんだと思ってた」

色男の言葉に私は目を丸くする。私は部屋から出ていないし、誰も訪ねてきていない。運動して動き回っているときにでも、窓から見えてしまったんだろうか？

「わぁ、そんな噂立っちゃってたんですね、すみません迷惑《めいわく》かけて」

「気にするな。噂くらいどうとでもなる」

隊長さんは眉間《みけん》の皺《しわ》を減らして、そう言ってくれた。想定の範囲内《はんいない》、なんだろうか。

「うっわぁ、隊長がなんかすごい優《やさ》しい……。どうしたんです？　変なものでも食べました？　それとも弱みでも握《にぎ》られてます？」

「ん～、ある意味では握っちゃってるのかもしれません」

誤解して私のことを抱《だ》いてしまったというのは、隊長さんにとっては弱みだろう。責任取って！　なんて縋《すが》りついたら結婚《けっこん》してくれそう。そんな非道なことはしないけれど。

「なになに？　気になるなぁ」

「だそうです、隊長さん」

「……放っておけ」

隊長さんはそう言ってため息一つ。色男のノリの軽さに呆《あき》れてるんですね、わかります。え？　私にもだって？　なんのことかなぁ。

「放置プレイですね、了解《りょうかい》です！」

ビシッと敬礼すると、色男にケラケラと遠慮《えんりょ》なく笑われました。

色男はミルト・ヒュー・マラカイルと名乗った。第五師団隊長直属部隊小隊長、という立場らしい。要するに隊長の使いっ走りだね。と小隊長さんは簡潔にまとめてくれた。

この砦《とりで》には第五師団の人が全員そろっているわけじゃない。第五師団を四つに分けて、国の要所を守っているんだとか。第五師団の副隊長さんは近くの町にいて、小隊長さんはその副隊長さんの代わりも務めている重要人物。隊長さんを陰《かげ》に日向《ひなた》に支えてくれる小隊長さんには、機を見て私のことを話すつもりだったそうだ。

威厳《いげん》とか全然ないし、やる気も感じられない。正直こんな人で大丈夫《だいじょうぶ》なのか心配になるけれど、隊長さんが言うには有能らしいから、爪《つめ》を隠《かく》しているだけなのかもしれない。

「ま、隊長の判断は正しいと思うよ。オレなんかは相手に困ってないから大丈夫だけど、ほとんどの隊員はそうじゃないからなぁ」

ここはそんなに右も左も狼だらけなのか。もしかして、使用人の人たちが戻ってきたらそれで安心、というわけでもない？

小隊長さんはかなり整った容姿をしているのに、美形特有の壁《かべ》を感じなくて、親しみやすいイケメンだ。認めるのは癪《しゃく》だけれど、隊長さんよりもモテるだろう。相手に困っていないというのも頷ける。私の好みでは隊長さんのほうが断然上だけどね！

「でも、君がいいって言うならオレだってお相手に立候補するよ？　どう？」

口《くち》の端《は》を上げて、小隊長さんは典型的な軽い男という感じの笑顔《えがお》を作る。きっと彼はこの顔で多くの女性をたらし込《こ》んできたんだろう。信頼《しんらい》は欠片《かけら》もないけれど、実績を積み重ねてきたのがわかる表情と言葉選び。

　でも、ミントグリーンの瞳にはまったくもって熱が見えない。冗談《じょうだん》で言っているのが丸わかりだ。たぶん、小隊長さんもわざとわかりやすくおどけているんだろう。

　だから私はネタに乗ってみることにした。

「それって、夜のお相手って意味ですか？　健全な昼の遊び相手なら考えますけど」

「あ、真っ昼間からいたすのがお好み？　大胆《だいたん》だなぁ」

「なんでそうなるんですかっ！　私はまぎれもなくドノーマルですってば！」

「じょーだんじょーだん。からかいたくなる反応のよさだよね」

　小隊長さんは私より一枚も二枚も上手《うわて》だった。くそう、悔《くや》しいぞ。

「拒否《きょひ》します。からかうなら隊長さんのほうにしてください」

「そう言うんだったらからかうネタをくれないかなぁ」

　さっきぽろっとこぼしてしまった、私が握っている弱みとやらのことを言っているんだろう。情報というのは自分の足で稼《かせ》ぐものだ。調べてわかるようなことでもないけれど。何しろ、本人たちしか知らない一夜の過《あやま》ちというやつだから。

「放置プレイ中なので、却下《きゃっか》です」

「放置してないよね。むしろ思いっきり話してるよね今」

　なんのことだろうか。私の耳は、都合の悪いことはすべてシャットアウトするようにできている。

「ところで隊長さん、なんでさっきから全然しゃべらないんですか？」

私たちは今、リビングでテーブルを囲んでいる。私の隣が隊長さんで、隊長さんの向かいが小隊長さん。なぜかさっきから隊長さんは一言も話そうとしない。

「……話に入る隙《すき》がない」

「え、隙だらけですよ私。女の子はちょっと隙があるほうがモテるんですよ」

「それは関係ないんじゃないかな愛人ちゃん」

きょとんとすると、小隊長さんに突《つ》っ込《こ》まれた。しかも勝手に微妙《びみよう》な愛称《あいしよう》までつけられた。隊長さんみたいないい男の愛人になら、なってもいいかなと思わなくはないけれど。

「なんですか。私がモテないとおっしゃりたいんですか。これでも告白された回数は両手で収まりませんよ」

世の中は絶世の美女より、手が届きやすそうな愛嬌《あいきよう》のある女の子のほうが告白されやすいようになっている。なまじ顔がよすぎると、自分に自信のない男子は絶対に告白できないから。見ているだけで満足、となってしまうらしい。

愛嬌があるとか自分で言うなと突っ込まれそうだけど、そこもご愛嬌ということで。

「自慢《じまん》するような回数でもないように思えるんだけど」

「それこそが自慢ですよ!!　これだからイケメンは！」

小隊長さんにとっては十回以上なんて取るに足りない回数なんだろう。もしかしたら、十歳《さい》になる前に到達《とうたつ》しているかもしれない。絶世の美女の法則はイケメンには適応されないのか。本命に見向きもされない呪《のろ》いでもかかってしまえばいいのに！

「……姦《かしま》しいな、お前らは」

「うわ、小隊長さんと一緒《いっしょ》くたにされた。ショック」

「ショックを受けられたオレもショックなんだけどな」

私がダメージを受けていると、小隊長さんは苦笑《くしょう》して肩《かた》をすくめる。そんなことは知りません。そもそも小隊長さんがネタを振ってきたのがいけない。

「こいつのことは誰にももらすな。噂もごまかしておけ。お前には彼女《かのじょ》の服の用意を頼《たの》みたい。何かあったら力になってやってほしい。以上だ」

隊長さんはそう無理やりに話を締《し》めくくった。力になってやってほしいだなんて、隊長さんはやっぱり優しい。

「しょーちしましたよ、隊長。よろしくね愛人ちゃん」

小隊長さんは隊長さんに答えたあと、私に向けてウインクしてきた。

ということで、小隊長さんが味方になったようです。

「キィとかヒューとかってなんなんですか？」

お昼過ぎの休憩《きゅうけい》タイムに、私は気になっていたことを聞いてみた。朝教えてもらった小隊長さんの名前にも、ミドルネームなのかよくわからないものが入っていたからだ。

私の質問に、隊長さんはなぜか険しい表情になった。答えにくい質問だったんだろうか。

「……貴族階級だ。王族や貴族の名には必ず入る」

「へー、お二人ともお貴族様だったんですね。ビックリ。というか王族……王様がいるんですね！　この国って絶対王政なんですか？」

「少し違うな。最終決定権は国王にあるが、政治を執《と》り行《おこな》う議会がある」

「ほうほう、議会。立憲君主制とかってやつかな……」

国のことに関しては、また今度しっかり教えてもらいたい。今はとりあえず、好奇心《こうきしん》を満たしたいという思いのほうが強かった。

「ちなみにキィとヒューではどっちが上なんですか？」

「キィだ」

「ってことは隊長さんのほうが偉《えら》いんですね。隊長だから？」

「今の地位と、貴族としての階級は関係がない。下位なら別だが、階級は余程《よほど》のことがない限り変わらない」

ふむ、そういうものなのか。階級が高いからといって隊長になれるわけでもなく、逆に低いから隊長になれないというわけでもない。つまりは実力社会なんだろう。いいことだ。

「余程のことって？」

「罪を犯《おか》して剝奪《はくだつ》されるか、大業《たいぎょう》をなして位が上がるか。ちなみに、位を与《あた》えられた精霊の客人も過去にはいたはずだ」

「マジですか。そんなの私には絶対無理です」

位をもらえるくらいすごいことをした異世界人がいたのか。信じられないくらいハイスペックだ。平凡《へいぼん》な大学生には真似《まね》できそうにない。

「それでいい。貴族なんてなるものじゃない」

険しい表情のまま、隊長さんは吐《は》き捨《す》てるようにそう言った。

あれ、もしかして……。

「隊長さんは貴族が嫌《きら》いなんですか？」

そんなふうに聞こえた。というより、そんなふうにしか聞こえなかった。

貴族と聞くといいイメージしかない。左団扇《ひだりうちわ》の夢のような暮らし。何も知らない私はお気楽にもそう思ってしまうけれど、その分面倒《めんどう》なこともいっぱいあるんだろう、きっと。

「貴族の世界にいたくなかったから、軍に入ったようなものだ」

そう言いながら、隊長さんの目はどこか遠くを見つめていた。過去のことでも思い出しているんだろうか。貴族の世界から抜け出して、軍に入った頃《ころ》のことを。

隊長さんはたぶん、貴族の誰かが嫌いなんじゃなくて、貴族という枠組《わくぐ》みが嫌いなんだろう。実力主義の軍に望んで入ったということは、生まれに左右される運命が嫌《いや》なのかもしれない。私は隊長さんのことをほとんど知らないけれど、静かな横顔を見ていたら、そんな気がした。

「身分じゃなくて、自分の力で勝負したかったんですね」

「……」

隊長さんは何も言わない。これ以上話したくないのかもしれない。だから私は、勝手に納得《なっとく》した。隊長さんはすごい人なんだと。

マイナスの感情だって、原動力にできるならいいことだと思う。しかも実際に今、隊長という地位を実力で摑《つか》んで、結果を残しているんだから。隊長さんは、すごい。

「くさくさするだけじゃなくてきちんと行動に移すあたり、隊長さんらしいと思います」

尊敬みたいなものがわき上がってきて、思わずニコニコしてしまう。

仕事しかり、勉強しかり。やるべきことをやっている男の人というのは格好いい。隊長さんがイケメンなのは、顔だけじゃなくて、内側からにじみ出ているものもあるんだろう。

「褒《ほ》めているのか、それは」

「褒めてますよ、もちろん！」

「……そうか」

ふっ、と。隊長さんは表情を和《やわ》らげた。眉間の皺が減って、すごく怖《こわ》い顔からちょっと怖い顔くらいになった。少しの変化だけれど、私の言葉で機嫌《きげん》が直ったならうれしい。

「私の国には今は身分制度とかないので、隊長さんの気持ちは想像するのも難しいんですけど。いっそのこと開き直っちゃうのも手だと思いますよ」

「開き直る？」

理解できなかったのか、隊長さんは聞き返してくる。

「持ってる手札はなんでも利用しちゃえばいいんですよ。もちろん使い方は間違えちゃダメですけど、貴族だからこそできることっていうのも、きっとあると思うんです」

せっかくの貴族階級。嫌だと遠ざけて、腐《くさ》らせておくのはもったいない。自分の持っているものを自分のしたいことのために使うのは、悪いことではないはずだ。ただの思いつきだから、具体的なことは私もわからないけれど。

「……妙《みょう》に大人《おとな》びたことを言うな」

「大人ですから、私」

調子に乗って、ふふんっと胸を張ってみた。……張れるほど胸があるのか、とか言ってはいけない。これでもBはあるんです、Bは！

「そういうことにしておこうか」

隊長さんは少し意地の悪い笑《え》みを浮《う》かべて言った。

これはもしや、信じられていない？　嘘でも強がりでもなく、私は先月成人したばかりのピッチピチのハタチだ。まだ学生だけど、すでに大人の仲間入りを果たしている。

「他にもすごく素朴《そぼく》な疑問があるんですけど、聞いてもいいですか？」

「構わない。疑問はすべて解決しておけ」

本当になんでも答えてくれそうな雰囲気《ふんいき》だ。ありがたやありがたや。

「じゃあ、遠慮なく。隊長さんって何歳なんですか？」

「二十九だ。今年三十になる」

「おおう、男盛《おとこざか》りですね！」

大体予想していた年齢《ねんれい》と同じくらいだ。今年で三十歳ということは、四月に誕生日を終えた私とは、ちょうど十歳差。かなり離れているけれど、充分守備範囲内だ。いやいや別に、隊長さんとどうこうなろうなんて考えてはいないけれど。

「二十九歳で隊長をしてるって、すごいことなんじゃないんですか？」

「たしかに多少珍《めずら》しくはあるが、年齢で決まるものでもないからな」

「ようは実力あってこそ、なんですね。隊長さんすごいです！」

私が褒めると、隊長さんはすっと視線をそらした。まるで過去を振り返っているみたいに、遠い目をする。

「ただ、必死だっただけだ」

そう呟《つぶや》く声は、どこか覇気《はき》がなかった。

隊長さんは、どんな思いで隊長になったんだろう。今までどんな思いで隊長をやってきたんだろう。なんだか少しだけ気になってしまった。恋人《こいびと》でもない、友だちですらない、面倒を見てもらっているだけの私が詮索《せんさく》していいようなことじゃないんだろうけど。

「あ、素朴な疑問まだありました！」

ごまかすように、私は大きめな声を上げた。隊長さんの顔がこちらを向く。

「どうして隊長さんは隊長って呼ばれてるんですか？　師団長とか、団長とかじゃないんですか？」

これも昨日から気になっていたことだ。

〝第五師団隊長〟って、ちょっとおかしくないだろうか。自動翻訳《ほんやく》の不具合かとも考えたけれど、他に違和感《いわかん》のある言葉はなかったから、これだけ何かあるのかもしれないと思っていた。

「正式な書類では、師団長となっている。師団長を隊長と呼ぶのは、伝統的な決まりだ」

「伝統的……？」

「この国……クリストラルが建国された当初は、まだ軍も今ほど大きくはなく、師団というくくりが存在しなかった。その頃の軍の総隊長が、伝説になっていてな。その人にあやかって、俺《おれ》たちは隊長と呼ばれている」

隊長さんの説明に、わたしはふむふむと頷いた。ちょっと違《ちが》う気もするけれど、功績を残した祖先にあやかって名前をつけるようなもの？　そういう伝統なら納得だ。

「伝説かぁ、どんなですか？」

「たった一騎で万の兵を相手にしただとか、七日七夜魔物と闘《たたか》い抜《ぬ》いただとか」

「ものすごくフィクションっぽい伝説ですね」

思わず乾《かわ》いた笑いが出てしまいそうだ。一騎当千《いっきとうせん》の十倍なんて、普通《ふつう》に考えて無理がある。一昼夜ならなんとかなるかもしれないし、三日三晩ならまだぎりぎりいけたとしても、七日はまず無理でしょう。さすがは伝説、人間離《にんげんばな》れしすぎている。

「どこまで実話なのかはわからない。実在はしていたんだろうが」

「そういうものですよね、歴史って」

後世の人間によって、好き勝手に、面白おかしく脚色《きゃくしょく》される。名前が残るというのも考えものだ。名前なんて残るはずもない私が心配することではないけれど。

「隊長さんはその人を目指していたりしますか？」

時代は違っていても、同じ軍人。スポーツ選手が過去の有名選手を目標にしたり、小説家が過去の文豪《ぶんごう》に憧《あこが》れたりすることは、よくあることだ。

「伝説の男を目標にするほど身のほど知らずではない」

「現実的なんですね」

まあ、隊長さんらしいといえばらしいかもしれない。

「俺にできるのは目の前のことだけだ」

隊長さんのその言葉に、私は首を傾げてしまう。平々凡々《へいへいぼんぼん》の私なんかは、本当に目の前のことをやるだけでいっぱいいっぱいだけれど、隊長さんは私とは違う気がする。

最初の夜みたいに失敗してしまうこともあるけれど、隊長さんは思慮深《しりょぶか》くて真面目《まじめ》で優しくて。もっと遠くまで、見ることのできる人だと思う。

「謙虚《けんきょ》さも、隊長さんの長所だとは思いますけど。なんだかちょっともったいないですね」

私が思ったままを口にすると、どういうことだ？　と隊長さんは視線で尋《たず》ねてくる。

「隊長さんは自分で思っているよりもすごい人なんじゃないかって、私は思っちゃうわけです」

昨日今日知り合ったばかりの私が何を言っているんだって感じだろうけれど、どうしても過小評価に聞こえてしまった。だって隊長さんは、隊長をしているくらい偉い人なのに、私にちゃんと頭を下げてくれた。私に親切にしてくれた。私の心配をしてくれて、私に一番いいようにってたくさん考えてくれた。隊長さんはいい人で、すごい人だ。

「お前は俺のことを何も知らないだろう」

「知ってますよ、身を持って！」

あんなにベッドの上でお互《たが》いを知り合った仲じゃないですか！

という意味を正確に読み取ったらしく、隊長さんは思いきり顔をしかめる。ここは茶化していいところではなかったようだ。コホン、と私はわざとらしく咳払《せきばら》いする。

「それは冗談といたしまして。一目見ただけでも、わかるものってありますよ、きっと」

少なくとも、隊長さんがタダモノじゃないのは見ればすぐにわかると思う。風格があるというか、雰囲気があるというか。まだ三日目とはいえ、けっこう話もしているし。

「……そういうものか？」

「そういうものです！」

自信満々に、私は言いきった。隊長さんは微妙に納得できない顔をしていたけれど、私は自分の言葉を取り消すつもりはない。隊長さんはすごい人だ。


「はい、隊長。書類はこれで問題なさそうです」

「……ああ」

ミルトに手渡《てわた》されたのは、議会に提出するための書類だった。第五師団隊長としての仕事とはまた別の、精霊の客人を保護したという報告書だ。

精霊の客人——サクラが異世界からこの砦に現れて、最初の夜を入れれば今日が四日目。まだそんなものなのか、と思ってしまうのは、彼女が急速に俺の日常を侵食《しんしょく》してきているということなのだろう。

最初にベッドの上にその姿を見たとき、またか、と思った。こうして女を送り込まれるのは、第五師団隊長としてこの砦に来てから何度かあったことだ。高貴な血を次代に残せと、考えの古い貴族ほど俺を種馬としてしか見ていない。

今までは、刺客でないことを確認し、女を部屋に残して一晩を執務室《しつむしつ》で過ごしていた。相手にされずに気分を害した、または気を落とした女は、転移の術が込められた魔具《まぐ》を使って朝にはいなくなっている。それが常だった。

あの夜は、ちょうど大型の魔物の討伐《とうばつ》を終えたあとだった。何度も間近に死を感じ、気が高ぶっていた。自分に差し出されているものを、何を遠慮する必要があるのか。そう、思ってしまった。

すべてが誤解と知れたのは、その翌朝だった。

「調べものは捗《はかど》ってますか？　隊長」

「……」

なぜ知っているんだ、とミルトを睨む。彼《かれ》はどこ吹く風で、ニッコリと笑っている。

「まあ、この砦の蔵書なんて、戦術の実用書か、一部の読書家の趣味《しゅみ》で増えた娯楽本《ごらくぼん》ばっかですからね。精霊の客人について詳《くわ》しく載《の》ってる本なんてないでしょう」

ミルトの言うとおりだった。サクラがやってきてから、物置き部屋に近い図書室を漁《あさ》ってみてはいるものの、大した成果は得られていない。

「報告書を持っていってもらうついでに探してきてもらいましょうか。王都ならなんでも揃《そろ》うでしょうし。第十一師団の奴《やつ》らなら適当なものを見繕《みつくろ》ってきてくれるでしょう」

「そうだな」

自身の至らなさに、小さくため息をもらす。結局、最初からこの有能な部下に相談しておくべきだったのだ。軍の連絡役《れんらくやく》を担《にな》っている第十一師団は、情報に強い。

「でも、いいんですね？　国に知らせちゃって」

ミルトは相変わらず微笑《ほほえ》みながら聞いてきた。

「どういうことだ」

含《ふく》みのある言い方に、顔をしかめる。怖《こわ》い顔になっているだろうという自覚はあった。けれどミルトは慣れているからか、飄々《ひょうひょう》とした態度を崩《くず》さない。

「今ならまだ隠せますよ、ってこと。国に知らせれば、保護責任は国に移ります」

「問題はないだろう。彼女のためにはそれがいい」

精霊の客人についてそれほど詳しいわけではないが、国から後見人がつけられることは知っている。働くにしろ、学ぶにしろ、これからの生活に後見人は必要不可欠だろう。ここでずっと面倒を見られるかどうかもわからない。

それにこの砦は魔物の脅威が近しい。サクラがその危険を真実理解したとき、恐怖《きょうふ》を感じないわけがない。魔物の出ない平和な王都で保護されたほうが彼女のためになるはずだ。

「……ふ～ん、ならいいですけど」

納得したのかしていないのか、ミルトは薄く笑う。どこか楽しそうにも見えるその表情に、俺は悪い予感を感じざるをえなかった。

「何が言いたい」

「彼女、面白い子ですよね」

ミルトは俺の問いに答えずに、そんなことを言う。面白いものが好きな彼にとって、それは最上級の褒め言葉だ。だからこそ、厄介《やっかい》でもある。

「……わかっているとは思うが、興味本位で手を出していい相手ではない」

「大丈夫ですって、そういうつもりじゃありません。俺はこう見えて一途《いちず》ですし、人の獲《え》物《もの》に手を出すのはルール違反《いはん》ですしね」

「なんのことだ」

薄々《うすうす》、言いたいことはわかっている。けれどそれを認めるつもりはないし、そもそも事実無根だ。……いや、無体を働いた事実はあるが、だからこそ俺はサクラに安全で、安心できる居場所を提供しなければならない。民《たみ》を守る軍人として、寄《よ》る辺《べ》ない少女を傷つけてしまった男として。それが俺なりの償《つぐな》いだ。

「いえ、別に。女性にあんなにペースを乱されてる隊長を見るのは初めてだったので」

「それは……あいつが変わっているからだ」

「でも、けっこう楽しそうに見えましたよ、隊長も」

「……それは」

否定の言葉は、口の中で消えてしまった。

サクラは、とても変わっている。無理やりに犯《おか》した男を、気持ちよかったから別にいい、などと簡単に許した。自分の身を軽《かろ》んじる危なっかしさを持ちながら、俺を怖がることなく笑顔を浮かべ、魔法や飯に瞳を輝《かがや》かせる。その無邪気《むじゃき》さには少し和《なご》むこともある。かと思えば、貴族の話になったときは賢《さか》しい面も見せ、何も知らないくせに俺の心を少しだけ軽くしてしまう。

反応に困ることも多いが、新鮮《しんせん》で……楽しくない、とは言えなかった。

「振り回される隊長は見ものなんで、オレは彼女を歓迎《かんげい》してますよ。ずっと砦にいてもいいくらいにはね」

ミルトが歓迎するということは、この砦において、ある意味では俺の庇護《ひご》以上に強大なバックアップを得たことになる。サクラのためを思えば喜ばしいことなのに、空恐《そらおそ》ろしいものを感じるのはなぜか。

本当に、いいんですね？　そう、声なき声が聞こえる。

いいも何もない。俺には、彼女を守る義務がある。

ただ、それだけのことだ。

異世界トリップしてしまって、五日目。

小隊長さんのおかげで使用人の制服からシンプルなワンピースにランクアップして、どうやって用意したのか気になりつつ下着もゲットした。おかげで快適な引きこもり生活……を、過ごしていたんだけれど。

お昼が過ぎたくらいの時間に、いきなり大きな音が響《ひび》き渡《わた》った。ホイッスルを思いっきり吹《ふ》いたような、高い耳障《みみざわ》りな音。それは十秒くらいで収まったけれど、私の不安を煽《あお》るには充分《じゅうぶん》なものだった。

どこか、警報のような音にも聞こえた。でも、なんのための？

もしあれが、避難《ひなん》を促《うなが》す警報だったとしたら……。緊急《きんきゅう》事態なら、ここにいるのは危険だ。けれど、この部屋から出たら絶対に誰かに見つかってしまう。

どうしよう、どうしようとそればかりが頭を回る。パニックになりかけながら、ここから動く勇気も出なくて、結局私はその場にとどまることにした。

室内をうろうろと落ち着きなく歩き回り、時々窓の外を確認《かくにん》してみる。外が騒《さわ》がしくて、やっぱり何かあったらしいということはわかった。どうやら頻繁に人が出入りしているようだ。わかったのはそれだけで、不安はどんどん大きくふくらんでいく。

どれくらいの時間が過ぎただろうか。まんじりともしないで、自分のうるさい心臓の音ばかりを聞いていた。時計を見ると、警報のような音がしてから一時間も経《た》っていない。正直、半日は経ったのではと思うくらい、時間が長く感じられた。

神経を尖《とが》らせていたからか、リビングのほうの扉が開く音に過剰《かじょう》に反応してしまって、飛び上がった拍子《ひょうし》に転びそうになった。

寝室の扉を開けて中に入ってきたのは、当然ながら隊長さん。

だけど……その姿に、私は心臓が止まりそうになった。

「たっ、隊長さん！　大丈夫ですか⁉」

慌《あわ》てて駆《か》け寄《よ》って、自分の手が汚《よご》れるのも構わずぺたぺたと隊長さんの身体に触《ふ》れる。

隊長さんの右半身は真っ赤に染まっていた。それはどう見ても、血だった。どこに怪我《けが》をしているのか。動いていて平気なのか。不安で、怖くて。痛いのは私じゃないのに、泣きそうになってしまう。

「怪我はしていない。返り血だ」

隊長さんは私の勢《いきお》いに押《お》されながらも、そう説明してくれた。ほっとして、全身から力が抜けていく。

「そうなんですか、よかった……。でも、すごい血ですね」

「魔物の血だ。避《さ》けきれなかった」

魔物。そうだ、ここは魔物に備えるための砦なんだから、警戒《けいかい》する相手は魔物に決まっている。そんな簡単なことにも気づけないくらい、パニックになっていたらしい。

「あの警報って、魔物が来たからだったんですね」

「ああ、数は少なかったからすぐ終わった。不安がらせたか？」

「何が起きてるのかわからなかったので、ちょっとは」

全然ちょっとじゃなかったけれど、これくらいは強がらせてほしい。大変だったのは隊長さんのほうだ。私のことで煩《わずら》わせたくなかった。

「砦の中には魔物は入ってこられない。心配するな」

隊長さんはそう言い残して、お風呂《ふろ》場に消えていった。

砦には結界でも張られているんだろうか。それなら少しは安心できる。またあの警報が聞こえても、次はもう少し落ち着いていられそうだ。今回だって隊長さんに怪我はなかったんだし、隊長というだけあってきっと強いんだろう。だから大丈夫。そう信じよう。

手についた血を洗面所で落としてから、ベッドに座《すわ》って少しぼんやりしていると、すぐに隊長さんがお風呂から出てきた。その手には、魔物の血で真っ赤に染まったシャツ。

「それ、どうするんですか？」

「捨てる。血を洗い落とすのは手間がかかる。今は人手が足りない」

やっぱり。使用人が避難中の今、きっとそうなるだろうなと思っていた。

「私でよければ、洗いましょうか？」

だから私は用意していた提案を口にした。

「血の汚れって、手洗いしたほうがいいですよね。洗剤《せんざい》とか貸してもらえれば洗いますよ」

女の子には、そういう経験が必要になるときが必ずある。月に一回の割合で。だから、時間を置いた血は落ちないことも、水で洗わないといけないことも、手洗いが一番だってことも、よーく知っている。少なくとも、普通の男の人よりは血の汚れを落とすのに慣れていると思う。

「いや、だが」

「遠慮しないでください。やることなくて暇《ひま》だったし、ちょうどいいです！」

断ろうとする空気を感じ取って、私はぐいぐいと押す。何か私にできることがあればとずっと思っていたから、この機会を逃《のが》したくなかった。

「……なら、頼もうか」

少し迷っていたけれど、隊長さんは私にシャツを預けてくれた。やったね、お仕事ゲット！

洗濯《せんたく》に必要なものを用意してくれたあと、事後処理があるとかで、隊長さんはほとんど休憩を取ることなく仕事に戻っていった。

シャツは念入りに洗った。まずは水でできるだけ洗い流して、それから洗剤と一緒につけ置きして、あとはもうごしごしと。右半身だけじゃなくて、左の袖《そで》や裾《すそ》も血で汚れていたから、小さな汚れも見落とさないようにして。

春とはいえ水は冷たくて、そのうち手がかじかんできたけれど、何度取《と》り替《か》えても水は赤く染まった。ド派手な入浴剤《にゅうよくざい》みたいだ、なんてことを考えて、その平和的すぎる発想に、苦笑がこぼれた。

入浴剤にはあるまじき、嗅《か》いだことのない不快な臭《にお》いが鼻にツンと来る。魔物の血を洗い落としているという状況《じょうきょう》は、ひどく現実味がないのに、これは……まぎれもない現実。

ここは異世界で、私は異世界人だ。

やっと水が染まらなくなったところで、シャツをきつくしぼって室内に干す。ハンガーも隊長さんが用意しておいてくれたので、乾きやすいように窓際《まどぎわ》にかけた。

一仕事やり終え、ベッドにごろんと横になる。ふやけた手で本を読む気にはなれない。

窓の外からは隊員さんたちが慌ただしく動いているような声が聞こえてくる。まるで、嵐《あらし》のあとの事後処理のよう。

まぶたの裏に、鮮烈《せんれつ》な赤が浮かんできて、私はパチパチと何度もまばたきを繰《く》り返《かえ》した。


ぼんやりしていたら、いつのまにか夜になっていた。

帰ってきた隊長さんに部屋が暗いことを驚《おどろ》かれたけれど、暗くなっていたことにも気づかなかった。今日は運動もできなかったし、隊長さんが持ってきてくれた勇者のお話も全然読み進められなかった。

「今日は、悪かったな」

隊長さんは、帰ってきてすぐにそう謝《あやま》ってきた。私はきょとんと首を傾げる。

「何がですか？」

「血など見たいものではないだろう」

「あー……それはまあ、たしかに」

真っ赤に染まったシャツや、鼻につく不快な臭いがフラッシュバックする。

「執務室には着替《きが》えがなかったから仕方がないとはいえ。女に見せるものではなかった」

言いながら、隊長さんは眉間の皺を深くする。怖い顔だけど、きっとこれは悔《く》やんでいるんだろう。隊長さんはジェントルマンだ。

「気にしないでください。私は大丈夫ですから」

「嘘をつけ」

虚勢《きょせい》はバレバレだったみたいだ。隊長さんの言う通り、本当は全然大丈夫じゃない。

あんなに派手に血のついた服なんて、ドラマでしか見たことがなかった。血を見る機会は、せいぜい月のものと、包丁で指を切ったときくらいなもの。それをいきなりあんなものを見せられたら、動揺《どうよう》するなというほうが無理だ。

たしかにそうなんだけど。でも、それでも私は。

「大丈夫、ってことにしといてください。隊長さんが気にするようなことじゃないのは、本当なんですから」

私は引きつりそうになる頬《ほお》に力を入れて、仏頂面《ぶっちょうづら》の隊長さんに笑いかけた。

私がいるから、隊長さんはいちいち気を遣《つか》わなければいけなくなる。そういうのは嫌だ。すでに面倒をかけてしまっているから、少しでも隊長さんの負担《ふたん》を減らしたい。

「無理はするな」

その声は労《いたわ》りに満ちていた。灰色の瞳には、包《つつ》み込《こ》むような優しさが映っている。心配しないでと言ってもきっと無理だろう。多少の無理は、見逃してほしいのだけれど。

「飯にするか。……食えるか？」

「だから、大丈夫ですってば」

「……そういうことにしておく」

えへへ、隊長さんは本当に優しいなぁ。

その日の晩御飯《ばんごはん》は野菜たっぷりのオイル系パスタにサラダ、かぼちゃのポタージュだった。ミートソースとか、トマトスープとかじゃなくてよかった。そう思って笑うことができるくらいには、元気が戻ってきたのかもしれない。

「魔物って、どんなものなんですか？」

自分からその話を切り出したのは、夕ご飯を食べ終わってからのこと。真っ赤な血は、人や動物と同じ色だった。ただの凶暴《きようぼう》な獣《けもの》とどう違うんだろう？

「自然界で超過《ちようか》した魔力《まりよく》が凝《こ》り固《かた》まって具現化したものだ。一応は動物という括《くく》りらしい」

「魔力でできてるのに、動物なんですか？」

「そもそも生物はすべて魔力で形作られている。だから魔物も動物の枠組みだ」

「人間も、魔力でできているんですか？」

「ああ。己《おのれ》を構成する魔力の一部を使うことで、魔法《まほう》が使える」

RPGで表すなら、HPの数パーセントがMPって感じ？　むしろHPとMPは同じものってこと？　魔法を使いすぎたらどうなるんだろう。倒《たお》れてしまったりするんだろうか。

ゲームをやっていたときは気にしていなかったけれど、現実で魔法が使えるというのは、実は怖いことなのかもしれない。

「精霊の客人はこの世界の理《ことわり》からは外れた存在で、魔力を持たないという。この世界で形を留《とど》めるために、精霊と融合《ゆうごう》するのだと言われている」

「じゃ、じゃあ私、精霊がいなかったらぺしゃんこですか……？」

「……霞《かすみ》かもしれない」

ひ、ひえええぇ……恐《おそ》ろしや恐ろしや。

「魔物は人や動物を襲う習性がある。その理由は、仮説はいくらでもあるが、いまだ特定できていない」

隊長さんの説明に、私はふむふむと頷く。仮説が立っているということは、この世界にも研究者がいるんだろう。学問がちゃんと発達しているようでよかった。

「神話では、女神《めがみ》の穢《けが》れた血から生まれた、となっている。そのためさらなる血を求めて人を襲うのだと」

神話か。私のいた世界と違って、実話だったりするんだろうか。魔法があって魔物がいて精霊までいる世界なんだから、神様が実際にいたとしても私は驚かない。

「女神様なのに、穢れてるんですか？」

「血そのものが穢れだということだ」

たわいない疑問にも隊長さんはちゃんと答えてくれる。その思想は、たしか昔の日本にもあったはず。死や血などを穢れとして厭《いと》う考え方。現代日本では小さな怪我くらいで騒いだりはしないし、痛々しくはあっても穢れているだなんて思わないけれど。

「血にまみれる軍人は穢れの塊《かたまり》ということだな」

隊長さんのその言葉に、私はぎょっとした。ここ数日で見慣れてしまった強面《こわもて》に浮かんでいるのは、自嘲《じちょうてき》的な笑み。どうして、そんな……。

「隊長さんは穢れてなんていません」

私ははっきりと断言した。いくら本人でも、隊長さんのことを悪く言うなんて許せなかった。悲しくて、悔しくて。睨むように隊長さんを見ると、隊長さんは目を見開いた。

「隊長さんはみんなを守るために自分にできることをしてるだけです。そんな隊長さんが穢れてるなんて、ありえません！　隊長さんはきれいです」

語彙《ごい》の乏《とぼ》しさを歯がゆく思いながら、必死に言《い》い募《つの》る。隊長さんはいい人だと、たった数日一緒にいただけの私でも知っている。真面目で誠実で、優しい人だ。隊長さんが自分を貶《おとし》めるようなことを言う理由はわからないけれど、自信を持ってほしかった。

「ほら、裸《はだか》だってきれいな筋肉のつき方でしたよ！　傷は男の勲章《くんしょう》ですしね！」

「……お前は残念な奴だな」

隊長さんはとたんに渋面《じゅうめん》になってしまった。

「ひ、ひどいです隊長さん！」

シリアスが苦手な私にしてはがんばったほうなのに！　努力を認めてくれたっていいじゃないですか！　なんの努力かは、聞かれても困るけど。

「だが、それも含めて悪くはないと思う。少し……救われた」

隊長さんはそう小さく呟いて、笑った。それは、さっきみたいな自嘲的なものとは全然違って、どこか晴れやかなものだった。イケメンのさわやかな笑顔……破壊力抜群《はかいりょくばつぐん》です。

「よくわからないけど、よかったです」

救われたなんて大げさだと思いながらも、私は笑い返す。隊長さんに笑ってもらえるなら、惜《お》しげなく私の残念さ加減をさらけ出してもいい。それこそ引かれるほどの勢いで！

「……そろそろ寝るか。ついでに説明しておきたいこともある」

隊長さんは少し気恥《きは》ずかしげに、視線をそらしつつ言った。

その様子に内心首を傾げつつも、私はおとなしく従った。


小隊長さんが用意してくれたパジャマに着替えて、今日の魔物の襲撃《しゅうげき》についてベッドに座りながら話を聞く。

魔物はどれも小物で、数も多くはなかったらしい。警報が鳴ってから一時間もしないで帰ってこられたのは、相手が弱かったからなのか。

あの警報は魔物が砦に近づいてきていることを知らせるもので、音の高さと間隔《かんかく》で大体の規模がわかるようになっているのだそうだ。今回は高い音だったから、小物。音を伸ばしていたから、少数。低い音になるほど大物で、短い音を何度も鳴らすほど数が多い。なるほど、次は音だけで把握《はあく》できるように、きちんと覚えておかないと。

そもそも現在使用人たちがいないのは、大物の魔物が出たからだ。砦には結界が張られているけれど、それだって万能《ばんのう》ではない。稀《まれ》に結界を壊《こわ》すことができる強い魔物もいる。それにもし結界が無事でも、戦闘《せんとう》部隊が壊滅《かいめつ》した場合、砦の外に一歩も出られなくなってしまう。だから、大物が来るとわかっているときは、あらかじめ非戦闘員を避難させる。無事に大物を倒《たお》すことができたら、それから丸一週間様子を見て、特に問題が起きなければみんなを迎えに行くらしい。

「じゃあ、使用人の人たちが戻ってくるの、遅《おく》れるんですか？」

今日の襲撃が問題と見なされるなら、私はもう一週間、この部屋から出られない生活が続く。それはさすがにちょっと窮屈《きゅうくつ》だ。

「いや、今日は残党狩《ざんとうが》りのようなものだったからな。あの規模ならよくあることだ。予定通り四日後に迎えに行く」

「残党狩りであんな返り血を……」

真っ赤に染まったシャツを思い出してしまって、私は顔をしかめる。あれほど心臓に悪いものもなかった。

「あれはしくじった奴を庇《かば》ったときのものだ。よくあることだ」

人を助けて自分も無傷だなんて、隊長さんは本当に強いようだ。だからこそ隊長をしているんだろうけれど、戦闘職種なんて遠い世界の話だった私には、すごいという感想しか出てこない。

「その人、きっと隊長さんに感謝してますね」

「どうだかな。きつく叱責《しっせき》したから、恨《うら》んでいるかもしれない」

「そんなことないですよ、きっとちゃんとわかってます。隊長さんは命の恩人だって」

隊長さんがいなかったら、失っていたかもしれない命。冷静になればわかることだ。

「隊長さんはやっぱり、人を守れる人です」

私はそう言って、にっこりと笑った。現に今、私のことだって守ってくれている。女に飢えた狼とやらから。

隊長さんはきっと、これまでにたくさんの人たちの命を、暮らしを守ってきた。広い背中が力強くて格好いいのは、そこに背負っているものが大きいから、かもしれない。

「……買いかぶりすぎだ」

「そんなことないですよーだ」

まだ隊長さんを知って数日だけれど、隊長さんがすごい人なのは知っている。知るたびに、尊敬のような憧れのような気持ちが強くなっていく。もっともっと隊長さんのいいところを知りたいと、そう思う。隊長さんへの好感度はうなぎのぼりだ。

「私も何かできたらいいんですけどね。残念ながら、戦力面では役に立ちそうにないです」

「当たり前だ」

冗談めかした私の言葉に、隊長さんは眉間に皺を寄せた。そもそも私にそんな期待をするほうがおかしいか。チート能力なんて、フィクションだからこそ楽しめるものだ。

「何しろ刃物《はもの》なんて包丁くらいしか持ったことないですし。倒したことがあるのはハエとか、黒光りする虫とかだけです」

虫は怖いいきものだ。ある意味ではあれも死闘《しとう》だったと言える。

「平和でいいな」

「私の国ではそれが普通でした」

「それは……気の毒にな」

「気の毒、ですか？」

どういう意味だろうか。私は自分が不幸だとは思わないし、異世界トリップしてしまっても今のところはどうにかなっている。少し窮屈なこと以外、現状に不満はなかった。

「争いのない国にいたのなら、この環境《かんきょう》は怖いだろう。ある意味ではここは前線だ」

前線。その通りだ。ここは、いつ魔物と交戦することになってもおかしくない場所。いざというときは戦えない人は避難しなければならないくらい、危ない場所。

「たしかに血は見慣れませんね」

白いシャツを侵食していた真っ赤な血。洗っても洗っても、赤く染まっていく水。見ていて気持ちのいい色ではなかった。本能が、怖いと、見たくないと告げていた。

「でも、隊長さんがいますから。もし何かあったとしても、隊長さんはきっと私のことを守ってくれますよね。だから、大丈夫です」

私はそう笑顔で言った。少し無理はしているかもしれないけれど、本心でもあった。

隊長さんは優しい。隊長さんは責任感が強い。だから、私のことを放り出したりはしないし、危ない目に遭《あ》いそうなときはきっと助けてくれる。そうわかるから、不安は少ない。

頼《たよ》りきってしまっている自覚はあるけれど、それだけ隊長さんが頼りになるということだ。

「……そう言われては、守らないわけにはいかないな」

ふっ、と強面が和らぐ。ここ数日で何度か見た、優しい微笑み。隊長さんがその表情をするたびに、私はなぜかすごくうれしくなってしまう。内面を覗《のぞ》かせてもらえたような、もっと近くに寄ってもいいと言われたような。そんな気になれるから。

夜中、何度か目が覚めた。眠りが浅いのか、夢を見たような気がする。窓の外が暗いことを確認してから布団を顔まで引き上げて、目をつぶる。まぶたの裏を染める、鮮《あざ》やかな赤。それをまばたきでごまかしながら、また浅い眠りに落ちる。その繰り返し。

五回目か六回目に目覚めたときには、窓の外が白み始めてきていた。もう、朝が近い。まったくもって寝た気がしなくて、私は思わずため息をついた。

「……起きたのか」

隣からの声に、そちらに顔を向けてみると、隊長さんが横になったまま私を見ていた。そのいつも通りの強面に、なんだかほっとしてしまった。

「おはようございます」

「ああ」

朝一番に挨拶《あいさつ》するのはもう習慣になっている。隊長さんは一言しか返してくれないけれど、それで充分だった。一日の始まりに、そこに隊長さんがいるだけで安心できる。

そういえば、二人して横になっている状態で挨拶するのは初めてだ。隊長さんは早起きで、朝食を一緒に食べられない日も多い。そう考えると新鮮《しんせん》で、ちょっぴりドキドキした。

「まだ寝ていてもいいんだぞ」

「そうですね、起きるにはちょっとばかし早いかも」

時計を見るとまだ五時過ぎ。いつも起きる時間より二時間以上早い。

「隊長さんはもう起きるんですか？」

「そろそろな」

「早起きなんですねぇ」

「隊の人間はみんなこんなものだ」

え、と私は目を見張る。隊長さんはいつも、日付が変わる前後くらいに寝ているはず。ということは、毎日五時間睡眠《すいみん》……？　私には真似《まね》できない。というかしたくない。

「私、軍人には絶対になれなさそうです」

「なる必要はない」

「ですね」

隊長さんの言葉に私も同意する。そうすると眉間の皺が少し減った。

女が何を言っている、とでも思われてしまっただろうか。

「寝ないのか？」

「なんだか妙に目が冴《さ》えちゃってて。身体は寝たがってる感じがするんですけど」

何度も目が覚めてしまって、ちゃんと眠れていないのはわかっている。でも、妙に神経がざわついていて、眠気《ねむけ》は一向にやってこない。理由は……覚えがないわけじゃない。

「横になっているだけでも身体は楽になる」

隊長さんはそう言ってから、身体を起こした。もう起きるつもりなんだろう。

「あの、隊長さん」

ベッドから下りた隊長さんに、私は声をかけた。何を言いたいのか、自分でもわからなかったけれど。このままではきっと私は眠れないだろうし、気持ちもすっきりしない。

「どうした」

振り返った隊長さんが、どこか気遣わしげに私を見下ろす。

「今日は、魔物と戦いますか？」

口をついて出たのは、そんな問いかけだった。

「可能性がないとは言えない。襲ってくれば、戦うしかない」

隊長さんは難しい顔をして、ありのままを話してくれた。気休めを言わないのは、隊長さんらしいと思う。それが隊長さんなりの誠意なんだろう。

「襲ってこないといいですね」

私は希望を告げることしかできない。もし襲ってきたら、隊長さんはまた戦う。その手を、あの赤い色に染め上げて。

ううん、もしかしたら、次に流れる血は……。

「……怖いか？」

気づけば、隊長さんは枕元《まくらもと》にいて、私を覗き込んでいた。青みを帯びた灰色の瞳が、静かに私を映している。

その涼《すず》やかな色を見て、私は鮮やかな赤い幻影《げんえい》を振り払うことができた。

「魔物が、っていうより。隊長さんが怪我をしちゃったりするのは嫌だなぁって。あの赤が、隊長さんの血じゃなくてよかったって、本当にほっとしたんです。だから、怪我をしないでください」

軍人である以上、絶対なんてないのは、隊長さんの身体の傷痕《きずあと》を見ればわかる。それでも……そう言わずにはいられなかった。

戦いなんて私にとっては非現実的なものだったから、近しい人が傷つくことに免疫《めんえき》がなかった。今もまだ、真っ赤になって帰ってきた隊長さんが目に焼きついている。あの血が隊長さん自身のものだったら、私はどうなっていただろう。取り乱して大泣きするくらいはしたかもしれない。そんなことをすれば隊長さんに迷惑をかけてしまうだけだ。

「気をつける」

隊長さんは力強く頷いてくれた。

「もう五年も隊長をしている。魔物相手にそう簡単に遅れは取らない」

「強そうですもんね、隊長さん」

私はふふっと笑った。そうか、隊長さんは五年も隊長さんなのか。なら、大丈夫かもしれない。根拠《こんきょ》なんてどこにもないけれど、そう楽観的に考えていたほうが、気が楽だ。

「強い。だから、心配するな」

そう言って、隊長さんは私の前髪《まえがみ》をくしゃりと乱しながら頭を撫《な》でた。その触れ方がとても優しくて、少しだけ涙がにじんだ。隊長さんに触《さわ》られたのは、最初の夜と小突かれたときを抜かしたら、これで二度目。前回もこんな優しい触れ方だった。

たぶん、いつもは意図的に触れないようにしているんだと思う。真面目な隊長さんは、けじめとして距離《きょり》を取っていたんだろう。

そして今、決めていたことを覆《くつがえ》してまで、私のことを慰《なぐさ》めようとしてくれている。

「へへ、隊長さん優しいなぁ」

人のぬくもりに安心する。隊長さんは間違いなく今ここにいて、怪我もなく健康体でいる。隊長さんは強いから、そんな簡単に傷つかない。そう、信じることができた。

見上げれば、隊長さんが穏やかなまなざしで私を見ている。大丈夫だ、と言うように。

不安も恐怖も包み込んでくれる、どっしりとした人。

惚《ほ》れちゃいそうです、隊長さん。なんて、ひっそりと思った。


異世界生活七日目。一日目は夜だけだったからカウントに迷うけど、そこはスルーして。

「ねえねえ愛人ちゃん、オレとイイコトしませんか～？」

毎日のように訪ねてくるこの万年発情期男をどうにかしてくれませんかね。

私の服を用意してくれた恩もあるから、無下《むげ》にもできない。だからこうしてリビングで顔を合わせることになってしまう。その愛称はもう確定なんだろうか。

「隊長さんより上手でドノーマルなプレイなら小指の爪の先くらいは考えます！」

私もやられてばかりではいられないから、しっかりと言い返す。冗談だろうけれど警戒心も一応は持っておく。男の人は嫌いじゃなければ寝られるとも聞くから。

「あれ、もしかしてオレって嫌われてる？　悲しいなぁ」

「嫌ってはいないです。ぶっちゃけて言うなら隊長さんのほうが好みってだけで」

「うわー、はっきり言うな～」

小隊長さんは明るく笑い飛ばす。なぜかはわからないけれど、私が何かを言うたびに小隊長さんはよく笑う。小隊長さんの笑いのツボが謎《なぞ》だ。お笑い番組なんて見たら笑い死にするんじゃないか、とわりと本気で思う。

「でも、隊長って怖くない？　顔はたしかにいいけどさ」

小隊長さんは緑色の瞳をくりっとさせながら聞いてきた。イケメンの小隊長さんが顔がいいなんて言うと、なんだか嫌みのように響く。

「怖くないですよ。すっごーく優しいです」

私は両手を広げて隊長さんの優しさを表現する。昨日なんて頭を撫でて慰めてくれたくらいだ。あれは、初心《うぶ》な子なら即座《そくざ》に恋《こい》に落ちてもおかしくなかった。

「あ～、なんか愛人ちゃんには甘いよねぇ隊長。やっぱ愛人だから？」

「しつれーです！　隊長は私にだけ優しいわけじゃないです！」

「あははっ、失礼なのそっちなんだ」

そっちなんです。

残念だけど、隊長さんは私のことを特別扱《とくべつあつか》いしてくれているわけじゃないと思う。私に優しいのは、隊長さんが元々優しいから。それと、私に対して負い目があるからだ。気にすることなんてないのに、真面目だからしょうがないんだろうか。

「隊長の強面に怯《ひる》まないなんて珍しいな〜。まあ、クールで素敵《すてき》、っていうお嬢《じょう》さん方も少なくはないけどね」

やっぱり隊長さんはモテるのか。あんなにイケメンなんだから、当然といえば当然だ。それなりにモテつつ、顔の怖さで損もしている感じなんだろうか。愛想《あいそ》のなさがネックになっているのでは、と予想している。

「強面……はたしかに、そうなんだけど。やっぱり怖くはないです」

一般的《いっぱんてき》には、怖い顔なんだろうというのはわかる。私も最初はちょっと怖かった。でも今は、全然怖いと感じない。この一週間隊長さんと接してきて、隊長さんのことがわかってきたというのも大きいかもしれない。

隊長さんは、顔は怖いけど優しくて誠実で、当人が気にしなくていいと言っているのにずっと罪悪感を持っているような人。隊長さんは、理不尽《りふじん》に怒《おこ》ったり、手を上げたりは絶対にしない。そうわかっていれば、怖がる必要なんてどこにもない。

「隊長、基本無表情でしょ。だから氷の第五師団隊長とか言われてたりするんだよ」

「そのまんますぎませんか!?」

「こういうネーミングはそのままのほうが覚えやすいでしょ」

「そういう問題……?」

どこか中二病っぽいような……いや、中二病にしては捻《ひね》りが足りないかもしれない。

「愛人ちゃんは隊長のこと、ちょびっとも怖くないの?」

「ちょびっとも怖くないです!」

私は元気よく断言した。思いっきり怖い顔をされると謝りたくもなるけれど、それは条件反射的なもので、怖いからというわけじゃない。

「へ～、案外お似合いなのかもね、隊長と君」

「ええ、隊長さんの隣にいたら私、よくて引き立て役にしかなりませんよ」

「引き立て役って、普通同性じゃない?」

「そういうものですか?」

「たぶんね」

「じゃあ、小隊長さんは隊長さんにも負けない美形なのでよかったですね。私の好みからはだいぶ離れてますが」

「ほんっとはっきり言うよね」

「正直なのは私の数少ない長所なので！」

元の世界では、そこもあんたの残念なところの一つだよね、と言われたことがあったけれど。正直者というのは悪いことではないはずだ。少なくとも嘘つきよりは絶対にいい。今、嘘つきを目の前にしているものだから、余計にそう思う。

「面白いのも長所の一つじゃないかな」

「褒めてるように聞こえませんよ、それ」

「褒めてる褒めてる」

小隊長さんのその言葉はものすごく嘘くさい響きがあった。ここ数日話をしていて、小隊長さんの性格も大体わかってきた。基本、ノリが軽い。ついでに尻《しり》も軽い。面白いもの好きみたいで私を構いにくるけれど、それは好意とかではもちろんない。誤解を恐れずに表現するなら、捨《す》て猫《ねこ》を興味本位につつくみたいな、そんなノリだ。

「小隊長さんの言葉って軽く聞こえますね」

「ひっどいなぁ」

小隊長さんは傷ついたような顔をしたけれど、やっぱりどこかわざとらしい。本当は少しも傷ついていないんだろう。不真面目なところは私と一緒なのに、彼は相当の食わせ者だと思う。

ああ、癒《いや》しが……隊長さんが欲《ほ》しいです……。

異世界トリップして八日目、異世界生活も一週間が過ぎました。つまり私の軟禁生活も、同じだけの時間が経っているということ。……実情は健全そのものだけど。

太らないようにと毎日運動して、あとは本を読んだりぼーっとしたり。そんな穏やかな……一部例外もありつつ、代《か》わり映《ば》えしない毎日。他にやることもないので、隊長さんや小隊長さんが持ってきてくれた本を片《かた》っ端《ぱし》から読んでいる。

隊長さんが選んでくれた本は、基本的に少年向けの物語。最初に物語がいいと言ったのを律儀《りちぎ》に守ってくれているらしい。その上で、参考になりそうなものを選んでくれているのか、異世界人が出てくることが多い。小隊長さんはさすがというか、女の子が喜びそうなシュガーコーティングされた恋愛《れんあい》小説ばかり。王道の王子と姫《ひめ》や騎士《きし》と姫、領主と町《まち》娘《むすめ》まで。萌《も》えは全世界共通なんだと実感しました。

そんな読書と食事と、隊長さんとの雑談しか楽しみのない生活も、明日で終わりだ。明日の夕方、避難していた人たちが戻ってくる。そうしたら晴れて私は自由の身となる。

いやっほーい！　長かったー！

明日でおしまいとなると、このダラダラ生活も急に名残《なごり》惜しくなってくる。残り一日は全力でのんびり過ごそう。

お昼休みに部屋に戻ってきた隊長さんは、その手に何か持っていた。

「やる」

短い言葉と共に、持っていたものを私に手渡す。それは小さなカップケーキ。袋《ふくろ》に入っていてもバターの香《かお》りがして、私の食欲を刺激《しげき》する。

「え？　これ、どうしたんですか？」

「貰《もら》った。試作だそうだ」

「たっ、食べてもいいんですか!?」

「そのために貰ってきた」

「わーいわーい！」

思わず私はピョンピョンとその場で跳《は》ねた。子どもっぽくても気にしない。日々のデザートは果物や、ヨーグルトやゼリーばかりで、こういったお菓子《かし》はなかった。非常食のビスケットは腹持ち重視の残念な味で、実は甘いものにすごく飢えていた。見るからにおいしそうなお菓子を貰ったら、テンションマックスにもなるというもの。

「一つだけ残しておけ。感想を求められたからな」

袋の中を覗けば、カップケーキは五つ入っていた。つまり私は四つ、食べていいらしい。

「隊長さんも甘いもの食べるんですね」

厳《いか》つい男性は甘いものが苦手というのがお約束。逆に超《ちょう》がつくほど甘党《あまとう》というのもある種テンプレだけれど。……どうしよう、隊長さんが甘党だったら。それはそれでかわいい。

「特別好きでも嫌いでもない。なんでも食べられなければ軍人はやっていられない」

「嫌いなものがないのは健康的でいいですね」

なるほど、いかにも隊長さんらしい理由だ。きっと、子どものときに嫌いなものがあったとしても、時間をかけて克服《こくふく》したんだろう。

「いただいていいですか？」

「ああ」

「じゃあ、遠慮なく！」

カップケーキはまだ温かかった。せっかく隊長さんが貰ってきてくれたんだから、できたてを食べなければもったいない。

袋から一つ取り出すと、バターと卵の香りがぶわっと広がって、それだけで幸せな気持ちになれる。香《かお》りを楽しみながら、パクリと一口。

うわあああ、おいしいぃぃ～～！

しっとりとした生地《きじ》は、たぶん基本の材料だけではなく、生クリームやレモン果汁《かじゅう》なんかも入っている気がする。シンプルなお菓子だからこそ、作った人の腕《うで》がわかる。

カップケーキに夢中になっていた私は、隊長さんがハッと何かに反応したことに気づかなかった。

「おいし……」

「静かに」

感想を告げようとした口を、隊長さんが素早《すばや》く塞《ふさ》いだ。

え、と思う間もなく隊長さんに手を引かれ、クローゼットに連《つ》れ込《こ》まれる。狭《せま》い……！

何するんですか隊長さん、と私が文句を言うより前に、バンッと扉の開く音がした。

「隊長！　ビリーとシアンが喧嘩《けんか》おっ始めちゃって……！　って、あれ？」

隣のリビングから聞こえてくる、快活な男性の声。そうか、人が訪ねてくる気配を察知して隠れたのか。

私を覆《おお》い隠すように抱きかかえる腕が、緊張でガチガチになっていることがわかる。

「隊長、いないんすか？」

息を潜めて、隊長さんの胸に顔をうずめているから、ドクンドクンと彼の早い鼓動《こどう》が伝わってくる。狼に見つかるかもしれない恐怖もありつつ、それよりもこの状態が落ち着かない。だって、私がうっかり音を立てないようにだろうけど、息が苦しいくらいガッチリ抱きしめられてるんだもん……！

「寝てるのかな……」

コンコン、とノックのあとに、すぐに寝室の扉が開く音がした。隊長さんの腕の力がさらに強くなって、ぐうっと思わず声が出そうになった。

「たいちょ～」

足音は聞こえないから、入り口から寝室内を見回しているんだろう。近づかれないことに安心しつつ、もし気づかれたらと思うと、さすがに緊張で心臓がバックンバックンだ。

って、あ――――!!　私と隊長さん二人分の体積に耐《た》えられなかったクローゼットの扉が、少しずつ開いていってしまう。待って、待って!!

「どうしたの。隊長に用事？」

「あ、マラカイル小隊長。ビリーとシアンが喧嘩してて……隊長に止めてもらおうと思ったんだけど」

開いてしまった隙間から見えるのは、声をかけられて振り返った男性の背中だけ。その向こうに小隊長さんがいるんだろう。天の助け！　とばかりに私は祈《いの》る。きっと隊長さんも同じ気持ちだろう。男性を、ここから連れ出してくれ、と。

「あ～……どうせシアンがビリーをからかったんでしょ。隊長なら物理的には止められるけど、ビリーの機嫌は最悪になると思うよ」

「わかってるんですけど、あの二人を止められる奴なんて他にいます？」

「しょうがないなぁ。面倒だけどオレが行くよ」

「小隊長が……？　止められますかね」

「力では無理だけどね。他にいくらでもやりようはあるし」

「よかった。じゃ、こっちです！」

そう言って男性は扉の前からいなくなった。扉を閉めるついでとばかりに顔を覗かせた小隊長さんは、寝室内を軽く見回すと、すぐにクローゼット……私たちに目をとめた。陰になっていて見えないはずなのに、たしかに目が合った気がする。

じゃあね、というように手を振って、彼も扉の向こうに消えていった。

「そういえば、隊長の部屋に女の子がいたって噂、やっぱガセだったんすね」

「そんなの信じてたの？　単純だなぁ」

「し、信じてなかったっすよ！」

ガチャリ、とリビングの扉が閉められた音を最後に、急に静かになった。

うっすら聞こえてくる声や足音すらしなくなってから、私たちは大きくため息をついた。

「……行ったな」

「は、はい」

早くクローゼットから出たいのに、いまだに腕の力は弱まらない。

緊急事態でそれどころじゃなかったけれど、好みド真ん中の格好いい男の人に、ぎゅっと抱きしめられているという状況をようやく意識する。緊張とは違うドキドキが、今さらになって襲ってきた。

「隊長さん、そろそろ離してもらえると……けっこう苦しいです」

「す、すまない」

隊長さんは身体を離して、転がるようにクローゼットから出ていった。遠ざかってしまったぬくもりが、ちょっとだけ寂《さび》しい。

「いえ、いいんですけどね。むしろ何もないときに抱きしめてくれてもいいんですよ！私はいつでもウェルカムです！」

私も続いて出て、両手を広げて言ってみる。イケメンに抱きしめられる機会なんてそうそうないしね！　でも急だとビックリしちゃうから事前通知してくださいね！

「でも、何か持ってるときはやめといたほうが無難かもしれません。カップケーキが……」

持っていた袋は、ものの見事に潰《つぶ》れていた。中を覗いてみると、ぺしゃんこになってカップケーキ同士がくっついてしまっていた。

「……まあ、味は変わらない」

隊長さんはそう言うけれど、お菓子は食感も大事だと思う。

試しに、合体をどうにか解除したカップケーキを一口食べてみる。やっぱりさっき食べたときのふわふわ感はなくなっている。でも、バターと卵の味はそのままだから、少し残念だけれどおいしいことには変わりない。

「……よく食えるな」

「安心したらお腹《なか》が空《す》きました。カップケーキ、おいしいです！」

「そうか」

感想を告げると、隊長さんはおかしそうに笑った。危ないところだったのに、お菓子一つで元気になるなんて単純すぎるとでも言いたいんだろうか。おいしいものは幸せの素《もと》だ。そういう小さな幸せを大切にしないといけないんですよ。

「あ、隊長さん、隠してくれてありがとうございます。おかげで見つからずに済みました。でも、隊長さんも隠れる理由ってありました？」

「……とっさに身体が動いていた」

「ケンカの仲裁《ちゆうさい》、行かなくてよかったんですか？」

「ミルトのほうがうまく収める」

ふむ、そうか。隊長さんが行くとビリーさんがどうとか言っていたし、小隊長さんなら心配はないだろう。

「じゃ、とりあえず見つからなくてよかったねってことで、隊長さんも一緒に食べましょ。はい、あ～ん」

あまり潰れていないカップケーキを選んで、隊長さんに差し出す……というより、口元に持っていく。ほらほら隊長さん、口をお開きなさいな。

「自分で食べられる」

隊長さんは仏頂面になって、私の手からカップケーキを奪《うば》う。そのまま一口でそれを食べてしまった。はいあーんはさせてもらえなかった。

「こういうときは乗ってくださいよ。寂しいじゃないですか！」

「……俺に求めるな」

「ノリが悪いですね、隊長さん。でも、そんなところも硬派《こうは》でかっこいいです」

クローゼットの中であんなに激しく抱き合った仲なのに。隊長さんこそ、何があっても普段《ふだん》と変わらないようだ。

はいあーんは乙女《おとめ》の夢。夢は叶《かな》わないものとはうまく言ったものだ。残念。


いつも通り夜が来て、いつも通りお腹が空いたくらいの時間に隊長さんが戻ってきて。

いつも通り、リビングで二人で夕食タイム。ここに来てまだ一週間ちょっとだけれど、毎日続いていると、いつも通りという感じがする。明日にはここを出るというのに。

「最後なんですねぇ、こうやって隊長さんとご飯食べるの」

「そうだな」

「なんだか寂しいですね」

少しの期待を込めて、私はそう言った。ただの相槌《あいづち》でもいいから、もう一度「そうだな」って返してくれないかな、と思って。

「使用人は基本、食堂で食事を取る。寂しくはないだろう」

「そりゃあ、たくさん人がいるところで食べられるのは賑《にぎ》やかでいいかもしれませんけど。隊長さんと二人っきりで食べるの、けっこう楽しかったですから」

「……そうか」

私が笑顔を向けると、隊長さんは目を背《そむ》けた。隊長さんは寂しく思ってくれないんだろうか。ひどい……私とのことは遊びだったのね！　というのは冗談として。

「隊長さんはいつもここで一人で食べてるんですよね？」

「ああ」

「じゃあ、隊長さんが寂しかったら言ってください。たまにこっちに食べに来ます！」

いいことを思いついた、と私はにこにこ笑顔で提案した。たまには食堂ではなく、隊長さんと一緒に食べるというのもいいんじゃないだろうか。

「今言ったように、使用人は食堂で食べるものだ。例外が認められるのは、体調不良の場合と、配偶者《はいぐうしゃ》と共に食事をする場合だけだ」

「え～!?　どうしても、だめなんですか？」

どうしてなんだろう。食べる場所くらいどこでもいいような気がするのに。

「……特別扱いされたくないと言ったのはお前だろう」

隊長さんはどう答えればいいか悩んだようで、困ったように眉《まゆ》をひそめる。その言葉に、私はズキッと胸が痛んだ。

「それは、精霊の客人としてなら、隊長さんと一緒にご飯が食べられるってことですか？」

「そうだ」

「……やめときます。決まりを破るのはよくないですもんね。そういう特別扱いは、やっぱりうれしくないです」

働きたいって言ったのは私。個室や、特別扱いを断ったのも私。隊長さんはその意を汲《く》んでくれただけだ。精霊の客人として、私のしたいようにさせてくれただけ。

たぶん、国から何か連絡があるまで、私は働かなくてもこの砦で保護してもらえたんだろう。そんなこととは知らずに思いつきで働くと言ったけれど、知っていたとしても私はやっぱり同じ選択《せんたく》をしたと思う。だったら、自分の言葉には責任を持たないといけない。

「でも……ちょっと、残念です。隊長さんとご飯、食べたかったです」

私は正直にそうこぼして、肩を落とす。デザートのイチゴをつまんで一つ食べる。甘酸《あまず》っぱいけれど、落ち込んでいるせいでおいしさは半減だ。

視界の端で、隊長さんが何か言いたそうにしているのが見えた。たぶん、慰めてくれようとしているんだろう。隊長さんは優しいから。

「隊長さんは……」

少しくらいは、寂しいと思ってくれてますか？

その言葉を、私は慌てて飲み込んだ。まるで遠距離恋愛になる男女みたいな質問をしてしまうところだった。私と隊長さんは、そんな関係じゃないのに。

「いえ、なんでもないです」

私がそう取り繕うと、隊長さんは再び眉をひそめた。眉間の皺は、もう癖《くせ》になってしまっているんだろう。その怖い顔も、隊長さんらしいなぁと笑えるくらいに慣れ親しんだ。

「私、お仕事がんばりますね！」

「ああ」

意気込《いきご》む私に、隊長さんはがんばれとばかりに微かに笑う。笑顔を見せてくれることも増えたし、少しは好感を持ってもらえていると思うんだけれど。自惚《うぬぼ》れだったら悲しい。

「だから、たまにでいいので、構ってください」

今度はちょっとどころじゃない期待を込めて、私は隊長さんにお願いしてみた。

異世界トリップして、最初に会った人。この世界でただ一人、頼ることができる人。私は隊長さんに見捨てられたら、どうしていいかわからない。これから私の世界が広がっていくとしても、隊長さんとのつながりを絶たれるのは、嫌だし、怖かった。

「できうる限り目をかけるつもりでいる。何かあれば言え」

「なんにもなくても、お話ししたいです」

欲しいのは、困ったときに相談できる人じゃない。

もちろん隊長さんは頼りになる人だけれど、私は……自分の、居場所が欲しい。

私の声やまなざしに甘えが含まれていたことに、気づいたんだろうか。灰色の瞳に、動揺が走った、ような気がする。

「……俺で、よければ」

少しの沈黙《ちんもく》の後、隊長さんは控《ひか》えめな言葉を選んだ。私のお願いを許容する、優しい言葉。大丈夫、隊長さんは私を拒絶《きょぜつ》しないでいてくれる。ここにいてもいいよって、言ってくれている。今はこれだけで満足だ。……うん。


夢を見た。とてもたわいのない、穏やかな日常の。

お父さんがいて、お母さんがいて、お姉ちゃんとお兄ちゃんがいて、ミケがいて。みんなと一緒に、私は笑っている。

そんな、温かくて、しあわせな夢。

「……どうかしたか？」

朝、隊長さんが仕事に行くまでのまったりした時間。ベッドに座ってぼーっとしていた私に、支度を終えた隊長さんが声をかけてきた。

「へ？　どうもしませんよ」

隊長さんを振《ふ》り仰《あお》いで、私は返事をした。内心でギクリとしながら。

「お前は嘘が下手《へた》だ。無理はするな」

灰色の瞳が静かに私を見下ろしている。嘘も、ごまかしも通用しないと、悟《さと》ってしまう。心配かけたくないけれど、きっと隊長さんはそんな私の遠慮もわかっていて、自分から聞いてきたんだろう。

優しいです隊長さん。惚れそうです隊長さん。

「隊長さんには家族がいますか？」

どう話したらいいのかわからなくて、気づいたら私は質問で返していた。

「父と、弟と妹がいる」

「どんな人たちですか？」

「父はのんびりしている。弟は文官で、頭がいい。妹はお転婆《てんば》だな」

隊長さんは長男なのか。イメージそのままだ。お転婆な妹がいるから私の扱いに慣れているんだろうか。隊長さんの妹ならきっと美人さんだろう。

「仲はいいですか？」

「悪くはないと思っているが」

「じゃあ、寂しいですね。家族の元に戻りたいと思ったりはしませんか？」

質問を重ねても、隊長さんは嫌な顔一つしない。律儀に答えてくれる隊長さんに甘えてしまっている自覚はあった。

「息災《そくさい》に暮らしているならそれでいい。年に二度は顔を合わせる機会もあるしな」

「そっか……」

年に二回という頻度《ひんど》は、家族と暮らしていた私にしてみればすごく少ない。すでに家庭を持っている姉も一人暮らししている兄も、けっこう頻繁に実家に顔を見せていた。

そうして、ずっと家族に囲まれて育ってきたから。それが当然すぎて、大切だとか今さらすぎて、感謝なんて伝えたこともなかった。

……もう、二度と会えなくなってから、本当に大切だったんだと、思い知ることになるなんて。

「寂しいのか？」

問いかけというより、それは確認に近かった。言葉にできなかった私の思いを、隊長さんは正確に読み取ってしまった。

「そう、みたいです」

素直《すなお》に認めるのは勇気が必要だった。でも、今の私には虚勢を張れるほどの気力もない。しあわせな、しあわせすぎて残酷《ざんこく》な夢に、元気を全部吸い取られてしまった。

「きっと帰れる、と言ったところで気休めにもならないだろうな」

そうですね、と私は心の中で頷いた。精霊の客人が元の世界に帰ったことは、過去に一度もない。それは隊長さんが用意してくれたたくさんの本からも、わかっている。

私は、元の世界に帰れない。――二度と、家族とは会えない。

「隊長さんは正直者ですね」

「お前ほどじゃない」

私が笑うと、隊長さんの眉間の皺が増えた。ちゃんと笑えていなかったんだろう。

沈黙が、二人の間に落ちる。素直に胸の内を話してしまった私は、若干《じゃっかん》の気まずさを感じて押し黙る。話を変えてほしいけれど、話下手の隊長さんにそれを求めるのは酷《こく》だろうか。そんなふうに考えていると。

「この世界でも、お前に家族ができればいいんだが」

ぽつり、と隊長さんは言った。

この世界で、家族？　考えたこともなかった。

大学生だった私は、元の世界にいたときですら、新しい家族を作ろうと思ったことはなかった。私の家族は父と母と姉と兄と猫、祖父母に姉の旦那《だんな》さん。みんな、元の世界に置いてきてしまった。ただ一つ持ってこられたのは、うさぎのムーさんバスタオルだけ。

けれど、この世界で、これから一生生きていくことになるなら。誰か、このままの私を認めてくれる人がいたなら。いつか新しい家族が、できるのかもしれない。

その可能性は、一人ぼっちの私にしてみれば唯一《ゆいいつ》の希望のようなもの。

「……欲しいなぁ、家族」

私は小さく呟いた。これは一種の、執着《しゆうちやく》。孤独《こどく》が苦手な私に用意された、可能性。

「いつかは、できる」

隊長さんはそう断言してくれた。相変わらず怖い顔をしているけれど、心から私のことを思ってくれていることが伝わってくる。隊長さんは恋人じゃないし、友だちですらないけれど。他人ではないのかもしれない、と思った。そうだといいなぁ、と願った。

「隊長さんがなってくれますか？　家族に」

だから私は、冗談めかして距離を詰《つ》めてみた。隊長さんには冗談にしか聞こえないだろうし、私も本気ではない。でも冗談ともちょっと違う、そんな期待を込めた言葉。

「でかい子どもだな」

「じゃあ奥《おく》さんにしてくださいよ」

「……」

「冗談なのでそんな嫌そうな顔しないでくださいってば」

深く刻まれた眉間の皺に、私は思わず噴《ふ》き出《だ》す。

わかってますよ、隊長さん。あなたは優しい人だから、一人ぼっちの私を放っておけないだけ。勘違《かんちが》いなんてしません。期待は、ちゃんときれいに消しておきますから。

「いや、……なんでもない」

隊長さんは視線を宙に泳がせて、それからため息をついた。何かを言おうとしてやめたような間を不思議に思いつつ、微妙な空気のまま隊長さんは仕事に行ってしまって。

そうして、隊長さんの部屋で過ごす、最後の朝が終わりを告げました。

『じゃあ奥さんにしてくださいよ』

その言葉は、ただの冗談だったのだろう。

けれど、一瞬《いっしゅん》、本当に一瞬だけ、思い浮かべてしまった。彼女らしい晴れやかな笑顔で、俺の家族に溶《と》け込《こ》んでいる様子を。俺に似た子を抱き、おかえりなさい、と頬を染めながら出迎えてくれる彼女を。

その幻《まぼろし》が、今日はずっと頭から離れずにいる。

サクラがやってきて、今日で九日目になる。そして今日は、彼女が窮屈な俺の部屋での生活から解放される日でもある。

使用人が戻ってくるのは日暮れ近くになるだろうと事前に聞いていた。

それまでサクラはいつも通り部屋にこもり、俺はいつも通り仕事をこなしていた。……いや、正確にはいつもよりも進みが遅《おそ》かった。

「隊長、やる気ないならオレが代わってもいいんですよ。効率が悪いのは嫌いなんです」

「……すまない」

容赦《ようしゃ》ないミルトの毒舌《どくぜつ》にも、今日ばかりは言い返せない。元々、書類仕事だけで言えばミルトのほうが優《すぐ》れている。余計に非効率に見えるのだろう。

「何をそんなに心配してるのか知りませんが、彼女なら問題ないでしょうよ。あの子、かなり変わってますけど、社交性はだいぶ高いと思いますよ。すぐこの砦に馴染《なじ》みますって」

「それは……そうだな」

「大体、隊長と笑って話していられるなんて、それだけでもすごいと思いません？」

ニッコリ、悪意を隠さない笑みを浮かべながらミルトは言う。明らかに貶められているが、否定もできない。俺自身、話していて楽しい相手ではないことは重々承知している。楽しかった、というサクラの言葉に嘘はないだろうが、それは彼女がなんでも楽しめる才能を持っているからだ。

この一週間と少し、文字通り寝食《しんしょく》を共にした。お世辞にも人付き合いが得意とは言えない俺は、彼女の明るさにずいぶん救われた。本来なら俺が気遣う側だというのに、何度逆に励《はげ》まされたことか。……少々、あけっぴろげすぎる面には、頭をかかえもしたが。

「使用人頭への紹介《しょうかい》はお前に任せる」

「はいはい。どうぞお任せください、ってね」

ミルトの承諾《しょうだく》を聞いて、一つ息を吐き、気持ちを切り替えて仕事に向き合う。これ以上彼の機嫌を損《そこ》ねると、どんな嫌みを言われるかわからない。何より、集中できずにいた理由が別にあると、勘づかれるわけにはいかなかった。


夕刻、執務室の扉を叩《たた》いたのは、隠密《おんみつ》部隊の隊員だった。

「やっほー、第五の隊長さん」

「レット。先に戻《もど》ってきたのか」

気安く声をかけてきたのは、レット・スピナー。黒茶の髪に、長めの前髪に隠れた瞳は赤褐色《せっかっしょく》。背が低く童顔で、総合的に見ると冴《さ》えない印象の青年だ。彼はそんな自身の印象を利用して、人の間に紛《まぎ》れ込《こ》む。いや、その印象すらも作られたものだろう。

隠密部隊とは、第十一師団の別称《べっしょう》だ。諜報員《ちょうほういん》の真似事もするが、軍の連絡役に近い。その中でレットは本当に情報を武器にしている。

今回、彼には使用人たちと共に避難してもらい、町民と使用人との橋渡しを頼んだ。実際のところは、使用人が町民相手に悪さをしないようにと監視《かんし》の意味合いもあったが。

「うん。まああと数十分でみんな砦《とりで》に着くけどね。先に知らせとこうと思って」

「誰も変わりないか」

「ないない。しいて言うなら、けっこうな期間砦空《あ》けてたから、掃除《そうじ》大変だろうなぁって話してたくらい。みんな元気だし、戻りたくないって人もいないよ」

レットの報告に、俺は内心で安堵《あんど》の息をつく。魔物の存在に慣れている使用人が多いが、今回初めて避難を経験したという者もいる。結界に守られているとはいえ、魔物を間近に感じ、砦に戻ることを怖がる者もいるかもしれないという懸念《けねん》があった。杞憂《きゆう》で済んだのならそれでいい。新たな働き手を探すのは、この辺鄙《へんぴ》な砦では大変なことだ。

「そうか。ご苦労だった」

俺の労《ねぎら》いの言葉に、いいえー、とレットは答える。それから、急にニヤリと嫌な予感のする笑みを浮かべた。

「それより第五の隊長さん？　面白いもの隠してたんだってー？」

知られないはずはないと、わかってはいた。何しろ初日にミルトに知られていたのだから、この砦にいた隠密部隊も知っていて当然だ。隠密部隊は連絡役であり、監視役でもある。隊員の素行に常に目を光らせている。それはもちろん、隊長であっても。

面白いものが好き、という点で、レットとミルトはとても似ている。違うのは、レットには悪気も他意もなく、純粋《じゅんすい》な興味本位で人をつつくこと。ある意味余計に質《たち》が悪い。

「……面白いものではないが」

「じゅーぶん、面白いよ。女の子でしょ？　かわいい？」

「捉《とら》え方など人によるだろう」

「ぼくは隊長さんの好みだったかどうかを聞いてるんだけどなー」

「そういう目で見ていない。彼女は精霊の客人だ」

そうだ、サクラは精霊の客人。いずれは国に保護される存在。好みかどうかなど、考えていい相手ではない。一緒の部屋で過ごすのだって、もう終わりなのだから。これからは適度な距離を取って接する必要がある。

……朝に見た幻影を、首を振って消し去った。

「ふーん、相変わらずかったいね。第五の隊長さんらしいけど」

何が面白いのか、レットはにやにやと笑っている。そういうことにしておいてあげる。とでも言いたげな顔に、心を読まれたのではとありえないことを考えてしまう。

「じゃあまあ、ぼくはそろそろ寝るー。また王都にも行かなきゃいけないしね。引《ひ》き継《つ》ぎしといたから、いない間に何かあったらそっちによろしく」

「わかった。ゆっくり休め」

レットの本来の仕事は、王都との連絡役だ。秘密のルートを持っているのか、魔法を使っているのかは知らないが、隠密部隊は移動が早いのが特徴《とくちょう》だ。生活習慣うんぬんは、今さらなので何も言わなかった。

「んーじゃ、精霊の客人さんによろしくね。ケンカしちゃダメだよ。わがままは聞いてあげるのが男のカイショーだよ」

部屋を辞するその瞬間《しゅんかん》まで、彼はからかいの手を休めることはなかった。ミルトといいレットといい、どうしてそう色恋沙汰《いろこいざた》に発展させようとするのか理解に苦しむ。

一人となり、急に静まり返った執務室に、ふと違和感を覚える。最近、いっそ騒がしいほどに元気のいいサクラと、少なくない時間を共に過ごしていたせいだろう。

今日、自分の部屋に戻っても、もう彼女はいないのか、と。

そんな当然のことに今さら気づき、少し、ほんの少しだけ、残念に思った。

3 異世界生活、本格始動です！

運命の夕方が来て、私は使用人として雇用《こよう》されることになった。まず最初に顔を合わせたのは使用人を束ねる使用人頭さん。眼鏡《めがね》をかけた、いかにも仕事デキますという感じの男性だった。

隊長さんは仕事で忙《いそが》しいからと、小隊長さんが私のことを紹介《しょうかい》してくれた。小隊長さんが使用人頭さんに手渡《てわた》したのは、雇用契約《けいやく》を記《しる》した書類。いつもなら使用人頭さんが隊長さんに提出するものだけれど、今回はすでに隊長さんのサインが入っていて、あとは使用人頭さんのＯＫをもらうだけ。使用人頭さんは書類を確認《かくにん》し、私をちらりと見た。感情の見えない視線に負けないよう、私は勢いよく頭を下げた。

「仕事内容は聞いてますが、最初から全部完璧《かんぺき》にはできないと思います。でも、できるようになるまでがんばります！」

よし、噛《か》まないで言いきった！　内心でガッツポーズをしていると、くすり、という笑い声。顔を上げると、使用人頭さんは柔和《にゅうわ》な笑《え》みを見せていた。

「完璧なんて求めていませんよ。やる気があるならいいでしょう」

そう言って使用人頭さんは書類にサインをくれた。

精霊《せいれい》の客人だから、という理由もあったんだろう。それでも、少しは認めてもらえたような気がして、うれしかった。

「サクラにはこれからエルミアとハニーナと同じ部屋で暮らしてもらいます。大まかな仕事は教えますが、わからないことがあれば彼女《かのじょ》たちに聞いてください」

そんなこんなで同室のお二人と顔合わせして、私は一気に知り合いが増えた。他の使用人さんたちとはおいおい、とのことだ。みんな二週間も砦《とりで》を離《はな》れていたから、今はやることが山積みらしい。

「よろしく、サクラ！」

ウェーブのかかった赤い髪に黄緑色の瞳《ひとみ》の、勝ち気そうな女性はエルミア・ガネットと名乗った。明るい笑顔《えがお》でぎゅっと握手《あくしゅ》をしてきたエルミアさんは、私の三つ年上らしい。姉御《あねご》と呼ばせてほしい。

「あの……よろしくお願いします」

ハニーナ・ラピラズリと名乗ったのは、淡《あわ》い金髪《きんぱつ》に藍色《あいいろ》の瞳が美しい、繊細《せんさい》そうな女の子。握手を求めると、ちょっと恥《は》ずかしそうに出された手は本当に真っ白で、指も私よりかなり細かった。年は私の一つ下だそうだ。

「とりあえず、今日はあたしたちと一緒《いっしょ》に掃除《そうじ》して回りましょうか。二週間も避難《ひなん》してた

から、汚《よご》れが溜《た》まってるわよ」

「あ、その前に、サクラさんは荷物を運ばないと……」

「荷物って、それだけ？　じゃあ運びながら仕事のことを話すわね」

「よろしくお願いします！」

うさぎのムーさんバスタオルと、借りていた使用人の制服、それから小隊長さんに用意してもらった服の入ったバッグを持って、二人のあとをついていく。

この砦は想像していたより広く、西と東、そして中央と棟《とう》が三つに分かれている。私がここ一週間ちょっとお世話になった隊長さんの私室は西棟最上階にあって、私がこれから暮らすことになるのは、使用人の部屋が固まっている東棟だ。

「勤務時間は、基本一人一人固定。朝が苦手な人は昼からにしてもらったりできるわ。そこはさっきのおっさんと相談して決めて」

「わたしとエルミアは、朝は早めで、夕食の前までには終わるようにしてもらっているんです。ご飯はゆっくり食べたいので……」

「あ、いいですねそれ！　私もその時間にしてもらおうかなぁ」

「それなら一緒にご飯が食べられますね」

ふふ、と控《ひか》えめに笑うハニーナちゃんは、女の私でもドキッとしちゃうくらい可憐《かれん》だ。頼《たよ》りになりそうなエルミアさんとも、お人形さんみたいなハニーナちゃんとも、仲良くできたらいいな。

荷物を運び終わったら、早速《さっそく》、教えてもらいながら仕事に取りかかる。廊下《ろうか》や部屋の掃除、隊員さんの洗濯物《せんたくもの》の回収。気づけばあっという間に夜になっていた。慣れない仕事にくたくたになって、このまま寝《ね》てしまいたいくらいだけれど、まだ夕ご飯を食べていない。

人がいっぱいいる中で食べるご飯は、大学の食堂を思い出して懐《なつ》かしくなった。違《ちが》うのはそこにいる人たちの年齢《ねんれい》が高いこと。中にはハニーナちゃんみたいに学生でもおかしくない子もいるけれど。

快活なエルミアさんは話し上手で、一緒にいて楽しい。ハニーナちゃんは逆に聞き上手で、のほほんとした雰囲気《ふんいき》に和《なご》む。

楽しいご飯タイムを過ごしながらも、ほんの少しだけ、隊長さんがここにいたらよかったのに、と考えてしまった。でも、隊長さんは私たちの話を聞いているだけで疲《つか》れてしまうだろう。そんな想像に、こっそり笑う。

「サクラってなんか、普通《ふつう》の女の子なのね」

デザートのゼリーを食べているとき、急にエルミアさんにそんなことを言われた。

「え、なんですかそれ。宇宙人だとでも思われてたんですか？」

「精霊の客人っていうからさ～、あたしたちにとってはおとぎ話の住人じゃない。どんな聖女みたいな人かと思ったら、全然神々《こうごう》しさとかないし。問題なくここでもやっていけそうだし、普通に話ができる人間でよかったわ。ま、ちょっと変わってるけど」

なるほど、私の感覚ではわりと頻繁《ひんぱん》に思える異世界人の訪《おとず》れる頻度《ひんど》も、実際に目にしたことがなければ作り話と変わりないんだろう。人間は基本、未知の存在を恐《おそ》れるものだ。すんなり受け入れてもらえたなら私もうれしい。

でも最後の一言は余計だと思います、エルミアさん。

「すごくお話ししやすくて、よかったです」

「人見知りするハニーナも、サクラのペースには巻《ま》き込《こ》まれるみたいね」

「巻き込まれる、だなんてそんな。サクラさんはとてもお話し上手なので、聞いているだけで楽しいです」

ハニーナちゃん、天使か……。

ふんわりとした容姿も相まって、輝《かがや》いて見えてくる。危険な世界に足を踏《ふ》み入《い》れてしまいそうだ。

「中身はちょっと残念みたいね。なにハニーナ相手に興奮《こうふん》してんのよ」

ペシリ、と軽く頭を叩《たた》かれた。我に返ってみれば、冷たい視線を向けてくるエルミアさんと、困ったように微笑《ほほえ》むハニーナちゃんがいた。

「違うんです、誤解です。かわいい女の子は共有財産なんですよ！」

「訳《わけ》わかんないから」

「あ、ありがとうございます……？」

小首を傾《かし》げるハニーナちゃんをなでなでしたいけど、そんなことをしたらまた誤解《ごかい》されそうだったので我慢《がまん》する。白いワンピースと麦《むぎ》わら帽子《ぼうし》が似合いそうな美少女を前にして、少しテンションが上がりすぎてしまっているかもしれない。

「とりあえず退屈《たいくつ》はしないで済みそうね。改めてよろしく、サクラ」

エルミアさんはそう言って、ハニーナちゃんとはまた種類の違う、きれいな笑みを浮《う》かべた。あ、姉御……！

「はいっ！」

もちろん、私も笑顔で応《こた》える。同室の二人がいい人そうで、本当によかった。

と、和やかな空気のまま話は終わるかと思ったんだけれど、そうはいかなかった。

「ね、ね。サクラって隊長とどんな関係？」

エルミアさんがド直球に聞いてきたのは、食事を終えて部屋に戻《もど》ってからのこと。話題的に、人の多い食堂で話すのは避《さ》けたんだろう。

「どんなって、どんなでしょう？」

何が聞きたいのか大体わかっていながらも、私はとぼけた。だって、誤解があってぺろりといただかれちゃいましたなんて、隊長さんの評判を傷つけるようなことは言えない。

「隊長に保護されたんでしょ？　一緒の部屋で過ごしてて、何もなかったの？」

私がこの世界に来てからの経緯《けいい》は、最初の夜のことを除き、ほぼそのまま使用人頭さんに伝えてあった。だから、エルミアさんもハニーナちゃんも大体は知っている。小隊長さんは今日の朝にでも来たことにすればいいと言っていたけれど、噂《うわさ》の件もあるし、私も隊長さんもそんな器用な嘘《うそ》がつける性格ではない。絶対ボロが出る自信があった。

「ちょっと、エルミア……」

「何よ、ハニーナは気にならないっての？」

「そ、それは……」

反応を見るに、ハニーナちゃんも実のところ興味津々《きょうみしんしん》のようだ。女の子は恋《こい》バナが好きというのも、世界が違っても変わらないことらしい。なんだかホッとしてしまう。

「どんな、と聞かれると……こんな？」

「や、こんなってどんなよ」

「名状しがたい感じ、ということで」

実際、説明はできそうにない。言えないことがあるというだけじゃなく、全部話したとしても関係性ははっきりしない。隊長さんが私の恩人、もしくは保護者、というのが一番近いのかもしれないけれど、近いというだけでやっぱり何かが違う。

「恋人《こいびと》ではないの？」

え、なんですかその質問。

「もしかしてエルミアさん……」

疑惑《ぎわく》を胸にエルミアさんに視線を向けた。思わずわくわくしちゃうあたり、私も二人のことをとやかくは言えない。

「あ、言っておくけど好きとかそういうんじゃ全然ないからね。隊長のことは立派な人だとは思うけど、恋の相手にはできないわ」

「そうなんですか？　どうして？」

隊長さんはイケメンで、しっかりした大人《おとな》の男性だ。恋の相手にはもってこいだと思う。好みじゃないという話なら、まだわかるけれど。

「だって、怖《こわ》いしきっびしーもの。オフもあんな調子でやられたら、窮屈《きゅうくつ》でしょ」

ね、とエルミアさんはハニーナちゃんにも同意を得ようとする。ハニーナちゃんは控えめに、小さく頷《うなず》く。そうか、二人には隊長さんのことがそう見えているのか。

「隊長さん、優《やさ》しいのになぁ」

ちょっとホッとしたような、なんだかもったいないような、微妙《びみょう》な気持ちになってしまう。隊長さんは優しい。すっごく優しい。そのことを私は一週間とちょっとでこれでもかというくらい知った。勘違《かんちが》いしたことを土下座して謝《あやま》ってくれて、何かと私のことを気遣《きづか》ってくれて、守ると言ってくれて。

　この世界で一人ぼっちの私を心配してくれる、優しい優しい隊長さん。

「……ラブなの？」

「ラブでもいいかもしれない、とは思ったり」

　繰《く》り返《かえ》しになるけど、隊長さんは恋の相手にピッタリな人だと思っている。人からの好意を無下《むげ》にはしないだろうから。恋の相手にというより、片思いの相手に、かな。

「はっきりしないのね」

「こういうのは熟成《じゅくせい》させてこそ、ですよ」

「そうかしらねぇ」

　エルミアさんは釈然《しゃくぜん》としないものがあるようで、不服そうな顔をしていた。期待に応えられなかったようで申し訳ない。


　砦で使用人として働き出して、数日が経《た》った。

　仕事は完璧……とはいかず小さな失敗もあったけれど、おおむね順調だ。バイト経験と、実家での家事の手伝いが役に立った。昨日《きのう》は厨房《ちゅうぼう》にお手伝いに行ったら、手際《てぎわ》がいいと褒《ほ》めてもらえた。やったね！

午前中に部屋をたくさんお掃除して、少し遅《おそ》い時間にお昼ご飯を食べた。

ここ数日、お昼休憩《きゅうけい》は砦内を散策《さんさく》して、建物内を覚えることにしている。あてもなく砦内を歩いていると、前方によく知っている後ろ姿を見かけた。

「あ、隊長さーん！」

声をかけると、その人は振《ふ》り向《む》いた。短い金茶の髪に青みを帯びた灰色の瞳の、大柄《おおがら》な男性。やっぱり隊長さんだ。うれしくなって私は隊長さんに駆《か》け寄《よ》った。

「こんにちは、隊長さん！」

「休憩中か？」

「はい！　隊長さんもですか？」

「ああ」

そういえばいつも大体このくらいの時間に部屋に戻ってきていた。ということは、ちょうど部屋に戻って休むところだったんだろうか。邪魔《じゃま》しちゃったかな？

「仕事のほうはどうだ、慣れたか？」

どうやら隊長さんは話に付き合ってくれるらしい。人がいいというか、面倒見《めんどうみ》がいいというか。

隊長さんはきっと、一度拾った捨《す》て猫《ねこ》は最後まで面倒を見るタイプだ。

「なんとかなってるって感じです。家で家事を手伝っててよかったです」

「そうか」

隊長さんの青みがかった灰色の瞳が緩やかに細められる。子どもの成長を見守っているような、そんな生温かいまなざし。十も離れていたら子どもみたいなものなんだろうか。

「心配してくれたんですね。ありがとうございます！」

「心配くらいはする」

私はふふっと思わず笑みをこぼす。心配されるのは、それだけ私が頼りなく見えるということだから、本当なら喜んじゃいけないんだろうけれど。心配してくれる人がいる、ということがなんだかくすぐったかった。

「大丈夫《だいじょうぶ》ですよ。たしかにここは私にとって異世界だけど、住んでる人たちはみんな同じ人間なんだし。知り合いのいない職場に来たと思えば！」

そうそう、何も怖がることなんてない。全然知らない世界に来て、そこで仕事を貰えただけでも私は恵《めぐ》まれている。あっちの世界でも高校卒業後に故郷を離れて就職する人はいる。これも社会勉強として、働きながら、一つ一つこの世界のことを知っていければいいと思う。

「お前は前向きだな」

それは感心しているというより、どこか呆《あき》れているような言い方だった。

「後ろ向いてるよりは前向いてるほうがいいですよ」

「それは言えている」

くっ、と隊長さんは笑みをもらした。レアな表情に、ごちそうさまですと内心で手を合わせる。

「使用人の人たちに隊長さんの話も色々聞いたりしましたよ。慕《した》われてるんですね」

食堂でご飯を食べているとき、隊長さんはやっぱりここでのトップだからか、みんなの話題によくのぼった。怖い顔をしていたとか、訓練で隊員をしごいていただとか、そういうのばっかりだったけれど。みんな、怖い怖いって言いながら、顔は笑っていた。

「そんなことはない。むしろ恐れられている」

「隊長さんが知らないだけですよ。みんな隊長さんのことが大好きです」

「……そうだといいな」

「そうなんですってば！」

隊長さんは信じる気がないらしい。みんなの片思いだなんて、悲しすぎる。きっといつかその思いが隊長さんに届く日が来ると願うしかない。

隊長さんは、話を聞いているとなんだかんだで人気者だ。そんな隊長さんと、一週間も同じ部屋で過ごしていたなんて、今考えるとすごいことだ。私はこの人に助けられて、今はこうして仕事も貰《もら》って。それでもまだ、隊長さんは私を気にかけてくれている。

「えへへ、なんだかうれしいです」

「何がだ？」

「数日前までは隊長さんとたくさんお話しできてたのに、ここ数日はちらっと見かけるくらいだったから。隊長さんに忘れられちゃったかなって思ってました」

何度か見かけた隊長さんは、いつも忙しそうに早歩きで移動していた。普段《ふだん》は空気を読まない私が声をかけることをためらうくらい。だから、『できうる限り目をかける』という言葉は、ただの社交辞令だったんだろうかと。寂《さび》しいけれどそれもしょうがないかと、そう思っていた。

でも、誠実な隊長さんが嘘をつくわけがなかった。隊長さんの〝できうる限り〟は、その言葉通り。自分にできる範囲《はんい》で、最大限に。きちんと、私のことを考えてくれていた。

「お前のことを忘れられる奴《やつ》はいない」

「どういう意味ですか、それ」

「そのままの意味だ」

一度寝た女は忘れない……という意味ではなさそうだ。堅物《かたぶつ》の隊長さんがそんなキザなセリフをさらっと言えるわけがない。単純に、インパクトが強いということだろうか。私としては、平々凡々《へいへいぼんぼん》な一般《いっぱん》市民のつもりなのだけれど。

「……休憩時間は、いつも自室にいる。暇《ひま》なら来ても構わない」

小さく一つため息をついてから、隊長さんはそう告げた。何かを諦《あきら》めたような、そんな雰囲気。でも、嫌々《いやいや》というふうには聞こえなかった。

「そんなこと言っちゃうと、入《い》り浸《びた》っちゃいますよ」

「今さらだろう」

「……言われてみればたしかに」

「茶くらいは出す」

それは本当に誘《さそ》っているのかという仏頂面《ぶっちょうづら》で、隊長さんは言う。彼《かれ》なりの歓迎《かんげい》の言葉に、じわじわと喜びが胸中に広がっていく。

「じゃあ、いつでも遊びに行かせてもらいます！」

私は緩みきった表情でそう宣言した。今さら、取り消しなんて利《き》かない。

どうやらあの部屋を出てからも、隊長さんとの関係は切れないようだ。うれしいというよりも、ほっとしてしまった。

これも、隊長さんの〝できうる限り〟のおかげだね！

《やっほー、また来たよ！》

その声が聞こえてきたのは、ちょうど一人での仕事が終わったときだった。

聞き覚えのある声にきょろきょろ周囲を見回して、やっとその正体に思い至る。

「あ、気まぐれな精霊さん」

《ふふっ、あったり〜！》

精霊さん――オフィは無駄《むだ》に上機嫌《じょうきげん》のようだ。前に話したときも始終そんな感じだった。二週間近く前のことだから、もう会いに来ないものかと思っていた。

「姿を見せてくれませんかね」

《見ようと思えば見られるはずだよ。キミの中にボクの仲間がいるんだから》

私の中に精霊がいるのは、隊長さんに聞いたから知っている。なるほど、中に精霊がいると精霊の姿も見ることができるのか。自動翻訳《ほんやく》以外にも便利機能があるらしい。

「見ようと思えば……ねぇ」

そう言われてもよくわからないけれど、精霊が中にいるから見られるというなら、精霊の力を借りるときと同じかもしれない。心の中で、精霊の姿を見せてほしいとお願いしてみると……今まで見えなかったのが不思議なくらい、あっさりとその姿を捉《とら》えられた。

「おお！　かわいい！」

《ありがとー》

オフィは思っていた通り小さくて、手のひらに載《の》るサイズだった。見た目は人形《ひとがた》だけれど、全身がオパールみたいな不思議な色合いで、手足はきぐるみを着ているみたいにずん

ぐりとしている。羽は生えていなくて、目がくりくりと大きくてかわいらしい。

イメージしていた精霊とはちょっと違ったけれど、正真正銘《しょうしんしょうめい》の人外の登場に心が躍《おど》った。ファンタジー万歳《ばんざい》！

「ねえ。精霊が私をこの世界に連れてきたって、本当？」

《ホントだよ。たくさんの精霊が、キミを望んだ。精霊は個では世界を渡れないから》

「たくさんって、どのくらい？」

《ニンゲンの区分の仕方で言うなら、時の精霊と空間の精霊と大地の精霊と大気の精霊と光の精霊と人の子の精霊、かな》

「一気に言われても覚えられない……」

とりあえず、本当にたくさんの精霊の手によって異世界召喚《しょうかん》が行われたということはわかった。

私は精霊に連れられてこの世界に来た。それだけわかっていればあとはいい。

《世界を渡るのは精霊でも難しいんだ。たくさんの個体と力が必要になる。だからこそ燃えるんだけどね！》

「出た、お遊び精神」

たわむれと言っていたのは、間違《まちが》いではなかったらしい。精霊にとって異世界召喚は高難易度のクエストでしかないのか。さすがに温厚《おんこう》な私でもちょっとイラッと来るけど、今さら文句を言ったところでどうにもならない。

それに、悔《くや》しいけれど、目の前のオフィは本当に本当にかわいらしい。これは怒《おこ》れないな、となんとなく敗北した気分になって、私はため息を一つついた。

《キミを喚《よ》ぶのに、ボクも協力したんだよ。がんばっちゃった》

褒めて褒めて、とばかりにオフィは胸を張って自慢《じまん》げに言う。精霊はみんなこんなふうに子どもっぽいんだろうか。

「もしかして、私の世界まで来た？」

異世界トリップする直前、お風呂場《ふろば》で聞いたあの笑い声を思い出しながら問いかける。

《うん、キミを迎《むか》えに行ったのは、フルーオーフィシディエンだよ》

「フルーオーフィ……うん、フルーね」

《キミの中の子だよ》

「え!?」

マジで!?　と私は思わず自分の身体《からだ》を見下ろしてしまった。当然、凹凸《おうとつ》の少ない身体しか見えなかった。

《当然じゃないか。キミをこの世界に喚ぶために、キミをこの世界になじませるために、フルーオーフィシディエンはキミと融合《ゆうごう》したんだ。そしてフルーオーフィシディエンを目印にして、ボクたちはキミをこの世界に引っ張り込んだんだよ》

「へぇ、そうだったんだ」

オフィの説明はやっぱり難しくて、すべてを理解することはできなかったけれど、お風呂場で聞いた声の主が、私の中にいる精霊だということはわかった。

《失敗すると、精霊が入ったままアッチの世界にとどまっちゃうことになるんだよね。そうなると変な力を持っちゃうし、タイヘンタイヘン》

ヘリウムよりも軽い調子でオフィは語る。それってどういうことだろう、と考えてみて、ふと閃《ひらめ》いてしまった。

「……もしかして、超能力者《ちょうのうりょくしゃ》とか霊感持《れいかんも》ちとかって、そういう原理だったり？」

《そうかもしれないね。ボクもアッチの世界に残っちゃった子たちのことはよく知らない》

精霊、怖っ！　心霊《しんれい》現象なども、実はあちらに残ってしまった精霊が起こしているのでは、と思えてくる。さすがに考えすぎかもしれないけれど、可能性がないとは言えないだろう。そうまでして、どうして精霊は異世界召喚をするんだろうか。

「私の中の子と意思の疎通《そつう》はできたりしないの？」

ここ二週間近く、私は中の子を意識しないで生活してきた。意識しないも何も、特に前と変わったところがないんだから当然だ。もちろん、中の子がいないと私はこの世界で生きていけないということは、隊長さんに聞いて理解しているけれど。

《もうキミの一部になってるからムリだよ。キミはキミの心臓とお話しできないでしょ？》

「そういうものと同列なんですか。なんだかちょっと気持ち悪いような……」
《受け入れてあげてよ。もうキミと同化しているんだから》
同胞《どうほう》を思いやるようなオフィの言葉に、私はまた意味もなく自分の身体を見下ろす。たしかに、拒絶《きょぜつ》したら可哀相《かわいそう》かもしれない。オフィみたいな見た目の精霊が私の中に入っていると考えると……やっぱりちょっと、色々と複雑ではありつつも。
《聞きたいことはそれでオシマイ？》
「うん、たぶん」
今のところは思いつかない。大体の疑問はすでに隊長さんのおかげで解決済みだ。
《前は説明ブソクだったって、みんなに怒られちゃって。今日はちゃんとできたよね！》
ピョンピョンと、オフィは跳《は》ねるように宙を移動する。みんなとは精霊仲間のことだろう。こんな見た目の精霊が集まってきゃいきゃいしているのを想像すると、かわいすぎて身悶《みもだ》えたくなる。
「うんうん、大丈夫だよ」
子どもっぽいオフィの話し方を聞いていると、和むというか癒《いや》されるというか、気が抜《ぬ》ける。ちゃんとできたよね！　なんて、親に褒めてほしい子どもそのものだ。
《じゃあ、またね！》
キャハハハ、と笑い声を残して、オフィの姿は霞《かすみ》のように消えてしまった。いなくなるのもやっぱり唐突《とうとつ》だった。

精霊は気まぐれで、神出鬼没《しんしゅつきぼつ》。私は脳内にメモを書き記した。


「あんたが隊長の愛人か？」

お昼休憩中、食後のデザートを食べていた私とエルミアさんの目の前に、大きな影《かげ》が落ちた。顔を上げると、そこには二十代後半くらいの、隊長さんと同じくらい体格のいい男の人が立っていた。

その人は、短い灰茶色の髪を掻《か》き上《あ》げながら、私を睨《にら》むように見下ろしてきた。

「初めましてですよね？　サクラ・ミナカミです。それと、残念ながら愛人じゃないです」

「……ふうん？」

にっこりと笑いかけても、男の人は怖い顔のまま。隊長さんならもう怖くなくても、他の男性に凄《すご》まれたら私だって普通に怖いんですけど！

「何よ、ビリー。新人にちょっかい出す気なら、あたしが相手になるけど？」

「別に？　どんなヤツかって思っただけだよ。隊長、趣味《しゅみ》悪ぃな」

ビリーさんという名前には聞き覚えがあった。この前、ケンカしていると報告されていた人。あのときは狼《おおかみ》に見つかりそうになって肝《きも》を冷やしたものだ。

そう思い返していた私の全身を、ビリーさんは舐《な》めるように見回す。胸を……被害妄想《ひがいもうそう》かもしれないけど、胸を見て鼻で笑われた気がする！　悪かったね！　限りなくAに近いBですよ！

「玉ぁ潰《つぶ》されたくなかったら新人いびりなんてやめときな」

エルミアさん、かっこいい……！　惚《ほ》れちゃいそう！

瞳を輝かせていると、ビリーさんはフンッと鼻を鳴らして去っていった。玉は潰されたくなかったようだ。うんうん、むしろこの上なく優しくされたい部位だものね。

完全に姿が見えなくなってから、エルミアさんは大きなため息をついた。

「はー……あいつも、悪いやつじゃないんだけど。たぶん、あんたが隊長のお気に入りだからって、気に食わないんでしょうね。ったく、肝っ玉が小さいったら」

「仲がいいんですか？」

「腐《くさ》れ縁《えん》。あたしもあいつも王都出身で、家が近くてさ。あいつ、あたしの兄と仲いいの。よくチャンバラごっことかしてたっけ。あたしもけっこういい勝負したのよ」

幼いエルミアさんのやんちゃな姿を想像して、微笑ましい気持ちになった。エルミアさんはすごい美人なのに、中身はだいぶお転婆《てんば》らしい。そんなところも含《ふく》めて魅力的《みりょくてき》です。

「チャンバラの成果ってわけじゃないけど、短剣《たんけん》くらいは使えるわよ。いざってときの護身用にね。言っとくけど、別にあたしに限ったことじゃないわよ」

「ほえ～……この世界の女性は強いんですねぇ」

魔物《まもの》という脅威《きょうい》が身近にあるからなんだろうけれど、私には想像もできない。

「ビリーは第一師団……近衛《このえ》を目指してたから、第五師団に配属されてからちょっとクサクサしちゃってんのよね。何かと隊長に突《つ》っかかったりして。隊長は以前第一師団にいたらしいし、立場のことも考えると色々複雑なんでしょうけど、かっこ悪いわよね」

言っていることは半分もわからなかったものの、みんながみんな隊長さんのことを好きというわけじゃないのは理解した。隊長さんはとってもできた人だけれど、軍の一番上に立つにはちょっと若いみたいだし、やっかみを買っても不思議じゃない。

「じゃ、またあとで。あんたは散歩するんでしょ？　午後の仕事は中央棟玄関《げんかん》前集合ね」

「はーい、いってきます！」

とっくにデザートを食べ終わっていた私たちは、そのまま食堂でお別れした。

これから私は日課にしている砦内ぶらり散歩だ。目的地を決めずに、気の向くままに足を踏み出した。


あてのない散歩だった。だから、私がそれを目撃《もくげき》することになったのは、本当に偶然《ぐうぜん》。

今日も天気がいいなぁ、と窓の外の真っ青な空を眺《なが》めながら歩いていたら、どこからか男女が言い争う……というより、女性側が嫌がっているような声が聞こえてきた。

助けなきゃ、という正義感と、野次馬根性《こんじょう》も手伝って、声のしたほうに行ってみると。

ハニーナちゃんを壁《かべ》ドンしている小隊長さんを発見してしまったわけで。

「あっ」

うっかり驚《おどろ》きの声を上げると、当然二人して私を振り返る。泣きそうな顔のハニーナちゃんと、あらあらとでも言いそうな顔の小隊長。そうして生まれた一瞬《いっしゅん》の隙《すき》をついて、ハニーナちゃんは拘束《こうそく》から逃《のが》れ、その場から走り去っていった。

「よ、色男。とでも言えばいいですか？」

取り残された小隊長さんに私は声をかける。小隊長さんも私に見られた以上、続けるつもりはなかったんだろう。そうじゃなければハニーナちゃんを逃《に》がすはずがない。

「邪魔してくれたね、愛人ちゃん。しょうがないから君にお相手してもらっちゃおうかな」

小隊長さんは私にニッコリと笑いかける。一見無邪気《むじゃき》で、その実肉食獣《じつにくしょくじゅう》のような雰囲気を漂わせながら。薄々《うすうす》気づいていたけれど、小隊長さんは敵に回したくないタイプだ。

「しょうがなくないですから。場所選んでくださいよ、小隊長さんも」

「ここはほとんど人が通らないんだよ。口説くには好都合なの」

「へー、またいらん情報知ってますね」

慎重《しんちょう》に小隊長さんとの距離《きより》を測りながら、私は会話を続ける。そういえばたしかに、この廊下は初めて通った。人があまり通らないというのは本当なんだろう。

「それで？　責任取ってくれる気はあるの？」

「あると思いますか？」

「ないだろうねぇ。そんなに隊長がいい？」

「いいに決まってますが、この場合隊長さんは関係ないと思います」

私だって付き合う男性は選ぶというだけの話だ。身体だけの関係を結ぶつもりはない。

隊長さんとのあれは、事故だったから例外とする。あとは単純に、好みの問題かな！

「そうかな。特定の相手がいないんだったら楽しんだもの勝ちじゃない？」

へらり、と小隊長さんはしまりのない顔をする。見るからに遊び人、といった感じだ。

「そういう考え方を否定するつもりはありませんが、相手は選んだほうがいいですよ」

私の言葉に、小隊長さんはスッ……と目を細めた。そのおっかない顔に、私は頬《ほお》が引きつる。笑っているのに、下手《へた》に睨まれるよりも怖かった。

「それは愛人ちゃんのこと？　それともハニーナのこと？」

「どっちもです」

内心冷《ひ》や汗《あせ》をたらしながら、私は答える。やっぱり小隊長さんは頭がいい。私の言葉のもう一つの意味にすぐに気づいたんだから。

私が軽く見えるのは自業自得《じごうじとく》だとしても、ハニーナちゃんは見るからに潔癖《けっぺき》そうだ。楽しんだもん勝ち、なんて考え方ができるとは思えない。

たしかに小隊長さんにとっては大きなお世話だろうけれど、その顔はやめてほしい。か弱い女子に向けていいものじゃない。

「まあ別に、君とどうこうってのはさすがに冗談《じょうだん》だよ。隊長に殺されそうだし。誘われれば断る理由もないけど」

「誘いませんからね！　それくらいなら隊長さん誘います！」

「はいはい、ご自由にどうぞ」

思いつきの言葉に、小隊長さんはすごくどうでもよさそうな反応をくれた。

「でも、あの子に関しては、ちゃんと選んでいるつもりだよ」

静かな声で、感情の読めない笑顔で、小隊長さんはそう言った。

選んでいるというなら、小隊長さんなりに本気でハニーナちゃんを想《おも》っているんだろう。

問題は、その本気がどの程度のものか、ということだ。

「遊び半分なら、やめてあげましょうよ。ハニーナちゃん、見るからにウブなんですから」

とてもじゃないけれど男性のあしらい方を知っているとは思えなかった。聞いたところによると、男の人のことがあまり得意ではないらしい。それでよくこの仕事を選んだなと思ったら、父が第五師団に所属している縁なんだそうだ。

「かわいいよねぇ。オレと目を合わせようともしないし、近寄るだけでビクビク震《ふる》えるし」

小隊長さんは楽しそうな……というか、舌なめずりでもしそうな笑みを浮かべる。

わかっていたけど質《たち》が悪い。ハニーナちゃんもやばい男に目をつけられたものだ。

「加虐《かぎゃく》趣味でもあるんですか？」

「男なら誰《だれ》しも少なからず持っているものだと思うよ」

「一緒にしないでください。隊長さんは違います！」

「どうだろうねぇ。隊長だって男だからね」

小隊長さんはケラケラと笑う。最初は笑《わら》い上戸《じょうご》なのかと思っていたけれど、たぶん、小隊長さんは笑顔で感情を覆《おお》っているんだ。だからきっと、怒るときも悲しむときも、小隊長さんは笑うんだろう。

小隊長さんの笑顔は、隊長さんのしかめっ面《つら》よりもよっぽど怖いな、と私は思った。

「愛人ちゃんにいいことを教えてあげよう。愛の形は一つじゃないよ？」

小隊長さんは人差し指を立てて、出来の悪い生徒に教え聞かせるように言った。

愛の形、とはまた大きく出たもんだ。それが誰の、誰に対する愛をさしているのか。二パターン思いついたけれど、今は自分に関係ないほうとして解釈《かいしゃく》した。

「……本気なんですか？」

私の問いかけに、小隊長さんはニンマリと笑った。

「さっきからそう言ってるはずだけど？」

最後まで笑みを崩《くず》さない小隊長さんの本心は、とてもわかりにくい。

でも、その言葉が真実の一欠片《ひとかけら》だとするならば。

……ハニーナちゃん、ご愁傷《しゅうしょう》さまです。


予定通り午後はエルミアさんと中央棟のお掃除。一段落ついたところで、私は休憩中に見たことを詳細《しょうさい》はぼかしつつ話してみた。

「ああ、マラカイル小隊長ね。何あんた、知らなかったの？」

「知りませんでした。偶然《ぐうぜん》見ちゃってビックリでしたよ」

あの小隊長さんに本命がいたなんて、という驚きは大きかった。エルミアさんの反応から察するに、ハニーナちゃんと小隊長さんのことはこの砦では有名なことのようだ。

「けっこう前から目ぇつけられてるのよね、あの子。……でもまあ、狙《ねら》われてる分、守られてもいるから、マラカイル小隊長が悪い男だとか、ハニーナが可哀相とか、一概《いちがい》には言えないわ」

「守られてるんですか？」

いったい何からだろう？　魔物から、というならそれは小隊長さんに限ったことではないはずだ。

「隊長直属の小隊長だもの、ここでは隊長の次に偉《えら》いのよ。そんな人が目をつけてる子に、

「他の隊員がちょっかいかけられるわけないでしょ」

「ああ、そういう」

つまり、小隊長さんに狙われることによって、他の男性に狙われずに済んでいるというわけか。小隊長さんもそれをわかっていて、わざとオープンにしているんだろう。

「あの人とのことがなかったら、今まで仕事を続けられていたか怪《あや》しいところね」

たしかに、男性が苦手っていうのは職場的に致命的《ちめいてき》だと思う。もちろん、無理やり何かをされるようなことがまかり通ってしまう場所ではないけれど、やっぱりこの砦は男性社会だ。エルミアさんみたいに気が強ければうまくあしらえるだろうけれど、ハニーナちゃんは男の人の前だと物怖《ものお》じしてしまうから心配だ。

「どこまで本気なのかは知らないけれど、他の男に取られたくないとは思ってるみたいね」

「小隊長さん、タヌキだからなぁ」

特にあの笑顔はクセモノだ。何を考えているのか、全然読み取らせてもらえない。そもそも私自身がそんなに敏《さと》いほうではない。本当、どこまで本気なんだろう。

「あたしから言わせてもらえばあんたも充分《じゅうぶん》タヌキだけどね」

「え、私すっごい正直じゃないですか」

「正直は正直なんだけどねぇ、なんか微妙にわかりにくい」

「そうかなぁ?」

そんなつもりはないのに。小隊長さんと同レベルに扱《あつか》われるのは、すごく複雑です。

明けて次の日。今度は小隊長さんの直属の上司、隊長さんに話を聞いてみることにした。

いつでも来ていいと言われてから、何度かお昼の休憩時間にぶらりと顔を出している。私が一方的に話していることが多いけれど、隊長さんがこの世界のことを教えてくれて勉強会のようになることもある。相手をしてくれるからと、ついつい甘《あま》えてしまっている。

「ミルトのことなら心配はいらないだろう」

「信用してるんですね」

「問題は起こすな、と伝えてある」

「あの小隊長さんがおとなしく聞きますかねぇ」

「ミルトは頭のいい男だ。自分の不都合になるようなことはしない」

言われてみれば、それもそうかと思えてくる。知り合ってまだそんなに経っていない私でもわかるくらい、小隊長さんは切れ者だ。隊長さんと小隊長さんは付き合いが長いみたいだから、小隊長さんが何を思ってどう行動するのか、ある程度はわかるんだろう。

「じゃあ、やっぱり本気なんですかね」

頭のいい小隊長さんが、ハニーナちゃんを狙っているということを隠《かく》さない理由。それはハニーナちゃんを守るため。じゃあ、どうしてハニーナちゃんを守るのかというと。好きだから、大切だから、という理由が一番しっくりくる。

……自分のおもちゃに手を出されたくない、という可能性もあるけれど。

「知らん。知ろうとも思わない」

隊長さんは興味なさそうにきっぱりとそう言った。それはたしかに、隊長さんはそうだろう。他人の恋愛《れんあい》事情に進んで首をつっこむタイプとは思えない。

「興味本位ってのもないわけじゃないんですけど、やっぱり友だちのことですし。本当に嫌がってるならやめてあげてほしいけど、守られてることを考えるとそう簡単にもいかないのかなぁ、みたいな」

知り合ってまだ一週間くらいだけれど、ハニーナちゃんもエルミアさんももう友だちだと思っている。だから心配にもなるし、私にできることがあるならしてあげたい。

まだ、この世界のこともよく知らない私にできることなんて、ほとんどないかもしれないけれど。

「人の心配より自分の心配をしたらどうだ」

「私の心配ですか？　何を？」

隊長さんの言葉に私は首を傾げる。心配しなければならないことなんてあっただろうか。

「……噂になっている」

苦々しい表情で、言葉にするのも嫌そうに隊長さんは言った。思い当たることがあった私は、ああ、と手を打った。

「愛人ってやつですか？　噂は噂ですし、そのおかげでかけっこう平和ですし、私は気にしてませんよ」

変な噂が流れているのは、ビリーさんに突っかかられる前から知っていた。ビリーさんは特殊《とくしゅ》な例として、他にも本当かどうか聞いてくる人は何人かいたから。たぶん、前の噂の件もあるし、隊長さんの部屋で一週間匿《かくま》われていたことが拡大解釈されたんだろう。隊長さんの評判に関わることだから、愛人説は聞かれるたびに否定している。

でも、私にとってはそれほど気にするようなことじゃない。ハニーナちゃんの例があるように、どうやら私もその噂に守られているところがあるみたいだから。隊長さんのもの、というタグがついていれば、他の男の人に目をつけられることはない。からかわれたりはするけれど、貞操《ていそう》を狙われるよりずっといい。おかげで異世界生活はまずまず順調だ。

「少しは気にしろ」

「そう言われましても。私は別に隊長さんの愛人でもいいしなぁ」

何しろ隊長さんは、私の好みドストライクだ。隊長さんに奥《おく》さんや本命がいるわけじゃないんだから、愛人と言っても、つまりは恋人候補のようなものじゃないだろうか。だから、隊長さんが私を愛人にしてくれるというなら、一も二もなく頷きますが。

「……俺《おれ》はお前を、愛人にするつもりはない」

「知ってます。そもそも隊長さんは愛人を囲えるような人じゃないですもんね」

怖い顔をする隊長さんに、私は苦笑《くしょう》した。愛人なんて、隊長さんに一番似合わない言葉だ。隊長さんなら好きな相手はきちんと恋人にするだろうし、好きじゃない相手なら名前のつくような関係を結ぼうとはしないだろう。最初の夜のことは、一夜の過《あやま》ちというか、誤解が重なった上の事故だったんだから。

「わかっているなら、言葉を選んでくれ」

隊長さんは片手で顔を覆って、深いため息をついた。

「えーと、すみませんでした」

とりあえず私が悪いみたいなので謝ってみる。私がきちんと理解していないことがわかったのか、隊長さんはもう一度ため息をついた。どうやらさらに疲れさせてしまったようだった。

4 異世界で恋をしてみましょうか

その日は昼過ぎから雲行きが怪《あや》しくて、夕方に降り始め、夜には土砂降《どしゃぶ》りになった。使用人頭さんの素早《すばや》い指示のおかげで洗濯物《せんたくもの》に被害《ひがい》が出なかったのは幸いだったけれど、寝《ね》る前にはついに雷《かみなり》まで轟《とどろ》き始めた。

暴《あば》れん坊《ぼう》の風にいじめられて、窓がガタガタと悲鳴を上げる、そんな嵐《あらし》の夜のこと。

枕代《まくらが》わりのムーさんバスタオルを手に、私は隊長さんの部屋に突撃《とつげき》をかました。

「隊長さん、一緒《いっしょ》に寝ましょう！」

「……なんの冗談《じょうだん》だ」

「冗談じゃないです。本気も本気です」

「なおさら悪い」

ピシャリ、と隊長さんはけんもほろろの対応。どうあっても私と寝てくれるつもりはないようだ。でも、今回ばかりは私にも譲《ゆず》れない事情がある。

「ダメなんです！　雨とか風とか雷とか、気になっちゃって一人じゃ寝れないんです！」

「そこでなぜ俺《おれ》と一緒に寝るという発想が出てくるんだ。同室の奴《やつ》にでも頼《たの》め」

「まだそんなに仲良くなってないのに、一緒に寝るなんてできません！」

私は人見知りしないタイプだけれど、それとこれとは話は別。まだ知り合って半月くらいなのに、一緒のベッドで寝てもらうなんて、頼めるわけがない。

「俺ならいいのか？」

「すでに深く交じり合っちゃった仲ですし」

「………」

「そんな嫌《いや》そうな顔しないでくださいよ。さすがに傷つきます」

とたんに怖《こわ》い顔をする隊長さんに、私はしょんぼりしてしまう。ちょっと前までは一緒に寝ていたんだから、ハードルは低いと思うんだけれど。

「嫌なのではなく、反応に困っているんだ」

はぁ、と隊長さんは重苦しいため息をつく。その様子に私は首を傾《かし》げた。

「反応に困るようなことでした？　だってほんとのことなのに」

「そういうことを、恥《は》ずかしげもなく言われて困らない奴はいない」

「あ～、そこはあれです、個人差があるんですよ。私は思ったことをはっきり言っちゃうタイプなだけです」

あんたはもう少し歯に衣着《きぬ》せなさい、と友だちに言われたことがある。これでも人が言われたくないようなことは口に出さないように気をつけてはいるんだけれど。

「どうやら俺はそのタイプとは合わないらしい」

「え、そんなことないですよ！　だって私と隊長さんの相性《あいしょう》バッグンじゃないですか！」

「どこがだ」

「身体《からだ》の……ごめんなさい冗談です睨《にら》まないで、さすがにちょっと怖いです」

隊長さん、それは女性を見る目じゃないです！　親の敵《かたき》でも見るような顔は、迫力《はくりょく》がありすぎて、ちょっとご遠慮《えんりょ》願いたい。そんな顔をさせるようなことを言った自覚は、ないわけではないけれど。相変わらず、隊長さんは冗談が通じない。

「……お前と話していると調子が狂《くる》う」

「それ、あっちでも言われたことありますよ。家族は慣れちゃってたみたいですけど」

むしろ家族も似たようなノリだった。特にお兄ちゃんとは似たもの兄妹《きょうだい》だとよく言われたものだ。家で真面目《まじめ》なのはお父さんくらいだった。

「俺は寝る。お前も部屋に戻《もど》れ」

そう言って、隊長さんは寝室《しんしつ》のほうに行ってしまう。扉《とびら》を閉められたら終わりだ、と私も慌《あわ》ててついていく。

「だから、一緒に寝てほしいんですってば」

「却下《きやっか》だ」

必死に頼み込んでも、隊長さんは拒絶《きょぜつ》の姿勢を崩《くず》さない。ベッドの脇《わき》にどかりと座《すわ》り込《こ》んだ姿は、まるで橋の上で通せんぼする弁慶《べんけい》みたいだ。

「お願いします、後生ですから～！　この際、床《ゆか》でもいいので近くで寝かせてください！」

「……どうしてそこまで」

私の勢いに、隊長さんは若干《じやつかん》引き気味だ。この勢いで押《お》し通《とお》せないだろうか。

「子どもの頃《ころ》にですね、兄と二人で山で遭難《そうなん》しかけたことがあるんですよね。山っていっても近所で、よく遊び場にしていたところだったんですけど。その日は急に天気が崩《くず》れちゃって。帰ろうにもそのときにはもう道がドロドロのベチャベチャで」

天気予報はちゃんと見ていた。でも、私も兄も大丈夫《だいじようぶ》だって楽観視してしまっていた。近場で、慣れ親しんでいた山だったから。まさかあんなに怖い目に遭《あ》うことになるなんて、遊びに行ったときには思ってもいなかった。

「雷がすぐ近くで鳴ったんです。怖くて怖くて、私は泣きながらお兄ちゃんにしがみついてることしかできませんでした。お兄ちゃんはずっと、大人《おとな》が探しに来るまで、私のことを励《はげ》まし続けてくれたんです」

ガラゴロピシャン。間近に聞こえた雷の音を今でも覚えている。頼《たよ》りにできたのは兄のぬくもりだけ。私はお兄ちゃんに甘《あま》えられたからいいけれど、お兄ちゃんのほうが怖かっただろうな、と今になって思う。

「そのせいだと思うんですけど、私、嵐がすごく怖いんです。またあんなに寒くて怖い思いをするんじゃないかって、不安になるんです」

　思い出すと、今でも身体が震《ふる》えてしまう。あれが冬だったら、今頃生きてはいなかったかもしれない。ここはあの山じゃない。建物の中にいるから安全。頭ではわかっていても、心がついていかない。耳が、身体が、あのときの音を覚えてしまっているから。

「大学生……って隊長さんにはわからないと思いますが、それなりに大人になっても一人暮らししなかったのは、嵐の日に一人になりたくないからっていうのが一番の理由だったりして。嵐の夜はいつもお母さんと一緒に寝てたんです」

　叩《たた》きつけるような雨の音。人の叫《さけ》び声《ごえ》みたいな風の音。鋭《するど》く痛いくらいの雷の音。

　嵐の夜は、自分を温めてくれるぬくもりがないと安心できない。子どもみたいだって、情けなくてしょうがなかったけれど、どうしようもなかった。

「人の気配があれば、少しは安心できるんです。一緒にいさせてくれませんか？」

　まっすぐ目を見てお願いすると、灰色の瞳《ひとみ》が揺《ゆ》らぐ。面倒見《めんどうみ》のいい隊長さんのことだから、理由を聞いたら放っておけないだろう。それをわかっていてお願いしているんだから私も性格が悪い。

　睨めっこに負けた隊長さんは、私から視線をそらして、これみよがしにため息を一つ。

「……仕方のない奴だ」

「えへへ、隊長さんはやっぱり優《やさ》しいです」

折れてくれた隊長さんの優しさがうれしくて、私はにこにこ笑ってしまう。

ため息ばかりつかせてしまっているけれど、隊長さんはいい人だから、きっと幸せも逃《に》げないはず。むしろここは、私が幸せにします！　とか言うべきだろうか。隊長さんが許してくれるならやぶさかではない。

隊長さんは一度立ち上がり、掛《か》け布団《ぶとん》をめくってベッドに上がる。そして、ぽんぽんと自分の隣《となり》を叩いた。

「床で寝かせるわけにはいかない。風邪《かぜ》でも引かれたら困るからな」

「じゃあ、お邪魔《じゃま》しま～す」

私は遠慮することなく、ムーさんバスタオルを枕にして隊長さんの隣にもぐり込んだ。

別に私はソファーでもよかったけれど、隊長さんがいいと言うならベッドのほうが助かる。寝心地《ねごこち》の問題じゃなくて、少しでも近くに人がいたほうが安心できるからだ。

「ありがとうございます、隊長さん」

「……気にするな」

暗くなった部屋で、お礼を言って目をつぶる。ぬくもりは感じられないけれど、近くに人がいるとわかっているだけで、充分《じゅうぶん》気が楽だ。だんだんと、睡魔《すいま》が私を夢の中へと誘《いざな》う。

たぶん、それから十分以上は経《た》っただろう。ピシャン、という音に眠気《ねむけ》が吹《ふ》っ飛《と》んでしまった。思わずガバッと起き上がってから、あ、やばい、と遅《おく》れて気づく。

隣を見れば、やっぱり隊長さんが目を覚ましてしまっていた。

「ご、ごめんなさい……」

謝《あやま》る声はどうしても小さくなってしまう。隊長さんの眠りを妨《さまた》げるなんて、何をしているんだろうか。やっぱり来るべきではなかったのかもしれない。

「どうすれば安心する？」

隊長さんは上体を起こして、私の頬《ほお》に手を伸《の》ばす。大きな手のひらが、とても温かい。暗くて瞳の色は見えないけれど、優しく私を映していることは、わかった。だから、私は素直《すなお》に願いを口にすることができた。

「……ぎゅって、してもらってもいいですか？」

人のぬくもりが恋《こい》しかった。冷えた身体を、温めてくれる人が欲《ほ》しかった。

隊長さんは何も言わずに、ただ私を抱《だ》き寄《よ》せてベッドに横になった。隊長さんのぬくもりと男らしい匂《にお》いに全身を包まれて、ほっと息がもれた。優しくて、温かくて、ずっとこうしていたいくらい。

末っ子で、学生で、実家住まいで。甘《あま》えん坊《ぼう》な自分を理解していたし、周りの環境《かんきょう》がそれを許してくれていた。でも、ここは異世界で、みんなが他人で、無条件に甘やかしてくれる人はどこにもいない。毎日それなりに楽しく過ごしながらも、もし見捨てられたらどうしようと、どこかで怯《おび》えていた。

でも、隊長さんは、きっと大丈夫。負い目があるからとか私が精霊《せいれい》の客人だからとかだけじゃなくて、隊長さんは優しくて……見捨てられない人だ。そうわかっていたから、今日、この部屋を訪ねることができた。

「ありがとうございます、隊長さん」

優しくしてくれて。甘えを許してくれて。恥ずかしくて言えない本音を隠《かく》しつつ、お礼を告げた。気にするな、と言うように隊長さんは私の頭をぽんぽんと撫《な》でた。

隊長さんは太陽みたいな人だ。一緒にいられるとうれしくて、もっとこっちを見てもらいたくなる。こうして抱きしめられると、すごくホッとして、でも胸はドキドキする。それがまた妙《みょう》に心地いい。

「えへへ、あったかい」

私がそう言って厚い胸板《むないた》に頰を寄せると、隊長さんはわずかに身じろぎした。でも、私から距離《きょり》を取ろうとはしなかった。

本当は、隊長さんも一人でゆっくり寝たいだろう。何しろ一緒に寝ていた期間、まったく私に触《ふ》れようとしなかった人だ。得をした、なんて思うタイプじゃない。

なのに今は、自分の安眠《あんみん》を犠牲《ぎせい》にして私を甘やかしてくれる、優しい優しい隊長さん。

おかげでその日は、嵐の夜とは思えないほどに、ぐっすりと眠れました。

そんなこんなで、朝帰りをしたわけなのですが。

「あんた、今までどこに行ってたのよ？」

当然というかなんというか、部屋に戻ってきてすぐに、エルミアさんにとっ捕《つか》まった。

「えーと、あはは」

「笑ってごまかさない」

エルミアさんは、逃《に》がさない、とばかりに私の肩《かた》に腕《うで》を回した。ハニーナちゃんは今日の支度《したく》をしながら、そんな私たちを見て苦笑《くしょう》していた。

「ごまかされてほしいんだけどなぁ」

「ちょっと行ってきます、の一言で朝帰りしといて？」

そんなふうに言って部屋を出たのか。昨日《きのう》のことなのに必死すぎて記憶《きおく》になかった。たしかにそれは気になってしまうのもしょうがない。でも、何もなかったとはいえ、昨日は隊長さんと一夜を共にした。私はどう思われてもいいけれど、これ以上、誤解で隊長さんの名誉《めいよ》を傷つけるわけにはいかない。

「ほら、謎《なぞ》が多いほうがいい女って言いますよね」

「いい女ってのは同じ女には嫌《きら》われるものよ」

「え、エルミアさん私のこと嫌いだったんですか⁉」

「話がずれてるし。嫌いだったら聞かないわよこんなこと」

エルミアさんはため息をつく。冗談にもちゃんと応《こた》えてくれるところ、好きですよ。

「あのね、サクラさん。エルミアはサクラさんを心配しているんです」

「心配？」

「サクラさんが何も話してくれないのは、何かあったからなんじゃないかって。いなくなったのが夜のことでしたし、なおさら」

ハニーナちゃんは淡《あわ》く微笑《ほほえ》みながら、明言を避《さ》けつつ説明してくれた。

「あ、もしかして誰《だれ》かの部屋に連《つ》れ込《こ》まれたんじゃないかとか、そういう？」

「……そこまでは言ってませんが」

でも、つまりはそういうことだ。男性の多いこの砦《とりで》で、そういう心配をするのは当然といえば当然。特に昨日は、多少の物音では誰も異変に気づかなかっただろう。

「心配かけちゃってごめんなさい。そういったことは何もなかったので、大丈夫ですよ」

私はいまだに肩に腕を回したままのエルミアさんに向かって謝る。心配かけてしまって悪いなと思いつつも、気にかけてもらえるのはうれしいものだ。

「で？　何があったのかは教えてくれないわけ？」

エルミアさんは黄緑色の瞳を鋭く細めて問いかけてきた。

やっぱりうやむやにはできないか。すっぽん並みの粘《ねば》り強《づよ》さに、どうしようと首を捻《ひね》る。

「うーん、別に何もなかったけど、深読みもできちゃうから話していいものか、みたいな」

「ああそう、つまりは隊長の部屋で一夜を過ごしたってことなのね」

「……心でも読めるんですか、エルミアさん」

「そもそも夜にあんたが行ける場所なんて数えるほどもないじゃない」

「それはたしかに」

言われてみればその通りで、私は納得《なっとく》するしかなかった。隊長さんごめんなさい、あっさりバレちゃいました。

「わかってるわよ、なんにもなかったんでしょ。誰にも言わないわよ」

エルミアさんは、しょうがないわね、とでも言うような表情をする。女子の『誰にも言わない』ほど信じられないものもないけれど、二人ならたぶん大丈夫だろう。

「お願いしますね。隊長さんの評判に傷がついちゃいます」

「今さらな気もするけどね」

噂《うわさ》のことを思えば、今さらという言葉を否定はできない。本当に迷惑《めいわく》をかけたくないなら、隊長さんの部屋に行かなければいい。私の行動が噂を助長しているのは、わかっていた。それでも、隊長さんとの関係が切れてしまうのは、どうしても嫌だった。

「さっさと付き合っちゃえばいいのに」

「……そういう関係じゃありませんから」

隊長さんは優しいから、私の面倒を買って出てくれている。でもそれは、別に特別な気持ちからではなくて、もし他にも同じような境遇《きょうぐう》の人がいたら、きっと隊長さんは手を差し伸べただろう。

「お似合いだと思いますよ。サクラさんと隊長さん」

ハニーナちゃんの言葉に、私は何も返すことができなかった。ちょっとうれしく思ってしまった自分に、動揺《どうよう》してしまったから。

いやいや、社交辞令だからね。本気にしちゃいけないよ、私ったら。


いつも通り仕事をしていると、書類を追加しに来たミルトが俺の顔を見て目を瞬《またた》かせた。

「隊長、具合でも悪いんですか？」

「……いや」

顔に出てしまっているのだろうか、と眉《まゆ》をひそめる。ただ睡眠《すいみん》を取っていないだけのことだ。一日くらいは寝なくとも体調面は問題ない。たしかに、万全《ばんぜん》とは言いがたいが。

「ああ、というよりも、眠《ねむ》そうですね。昨夜はお楽しみだったとか？」

ニヤリ、と人を食ったような笑《え》みでミルトは聞いてきた。

「……ミルト」

「はいはい、すみません。冗談ですってば」

書類から顔を上げて睨みつければ、ミルトは両手を挙げて降参の意を示す。彼《かれ》の冗談は冗談で済ませられないものも多い。仮にも直属の上司なのだから、もう少し敬《うやま》ってほしいものだが。今さらそれを言ったところで、聞くような奴でもないだろう。

「ってことは、せっかくの据《す》え膳《ぜん》をいただかなかったわけですか。さすが隊長」

感心するような響《ひび》きを持ったその言葉に、俺は全身を硬直《こうちょく》させた。そんな俺を見てミルトは呆《あき》れたようにため息をついた。

「知らないわけがないでしょ。あの子に隠密《おんみつ》行動ができるわけないんですから」

考えてみれば当然だ。あの時間、使用人たちの寝起きする東棟《ひがしとう》から西棟の俺の部屋に来るまで、誰の目にも止まらないわけがない。ミルトはその報告を受け取ったのだろう。

多少の後ろ暗さを感じている俺にとっては、面倒なことだ。

「別に、わざわざ吹聴《ふいちょう》したりはしませんよ。ま、もう手遅れかもしれませんが」

ミルトの指摘《してき》は的確だ。俺は思わず舌打ちしたくなった。昨日サクラと出くわした者が、口の軽い奴でないことを願うばかりだ。愛人という噂に拍車《はくしや》がかかってしまう。

そう、愛人。砦で実《まこと》しやかに囁《ささや》かれている噂を思い出し、俺は目の前の男を睨みつける。

「噂を流したのはお前だな」

ミルトは感情の読めない笑みを浮《う》かべた。それは俺の言葉を肯定《こうてい》しているに他ならない。たった数日で噂を蔓延《まんえん》させることなど、こいつにとっては造作《ぞうさ》もないことだろう。

「ご名答。隊長ならその理由もおわかりかと思いますが」

人を試《ため》すような口ぶりに眉をひそめる。

単純に、サクラを守るため……ではないだろう。サクラは精霊の客人だ。万一損《そこ》なわれるようなことがあれば、精霊による報復《ほうふく》は避けられない。

だからといって、荒《あら》くれ者《もの》の軍人に、口で説明して素直に聞くはずもない。だが、俺の名前を使えば、この砦では一番の抑止力《よくしりょく》になる。

それと、もう一つ。きっとミルトは一挙両得を狙《ねら》っている。俺の名前を出してもサクラを害そうとするなら、それは反抗心の現れでもある。サクラの存在を踏《ふ》み絵《え》にして、隊員の心のありようを計ろうとしているのではないか。その予想はおそらく外れていない。

「勝手なことをするな」

「そうは言われましてもね。精霊の客人を野放しにするわけにもいきませんって。彼女《かのじょ》自身が面倒事を起こしそうな性格してるのに」

それは否定できない、とつい思ってしまった。サクラの正直さや危なっかしさは、時に事件を引き起こす原因となるだろう。予想というよりも、経験から来る確信に近かった。

「ってことで、オレとしては隊長に見張っといてもらえるのは大助かりなんで。さっさと手でもなんでも出しちゃったらどうですか？」

「……笑えない冗談だな」

ミルトの非道な提案に、自然と眉間《みけん》に皺《しわ》が寄る。面白《おもしろ》いだとか歓迎《かんげい》しているだとか言っておきながら、面倒事の前ではサクラの気持ちなどどうでもいいのだろうか。

「でも、どうせ初めてじゃないんでしょ？」

「っ！　なぜそれを……」

「あ、やっぱり？　もしかしてとは思ってたんですよね～」

ミルトのしてやったりな笑みを見て、カマをかけられたことに気がついた。いつも笑顔《えがお》を崩さないミルトが、このときばかりは憎《にく》らしく思える。

なぜ勘《かん》づかれたのかはわからないが、男女が同じ部屋で一週間以上も過ごしていれば、そういった邪推《じゃすい》をされないほうがおかしいとも言える。厄介《やっかい》な奴にバレてしまった、と俺は頭を抱《かか》えたくなった。

「あの子、ちょっと根無し草みたいに危なっかしいんで、ほんと隊長に捕まえといてもらえれば助かるんですけどね」

「利害で決めることではないだろう」

「気持ちと利害が両立できるなら、それが一番だと思いません？」

ミルトの言葉は、納得させられてしまう程度には理屈《りくつ》が通っている。だが、そもそもその〝気持ち〟がどこにあるのか……問おうとして、慌てて口をつぐんだ。まるで、手に入らないものを欲しがる子どものようではないか。

「……他に用がないなら仕事に戻れ」

結局、俺はそう言うことしかできなかった。口でミルトに敵《かな》わないことは、彼が部下になる前からわかっていたことだ。今さらそれを悔《くや》しいとは思わない。

「はいはい、失礼しましたー。怖いなぁ隊長は」

言葉とは裏腹に、ミルトはニヤニヤ笑いながら退室していった。彼の言葉に、俺のことを怖がらないサクラを連想してしまって、つい顔が険しくなる。

……据え膳を、いただくも何も。

「手を、出せるわけがないだろう……」

サクラは、精霊の客人だ。本来、国に保護されるべき人間だ。欲の対象にしていい相手ではない。彼女のために、安全で、安心できる居場所を提供する義務が、俺にはある。

何より俺自身が、彼女を守りたい。優しいと、すごい人だと、曇《くも》りない笑顔で言ってくれる彼女を裏切りたくはない。

だというのに……。

『一緒にいさせてくれませんか？』

昨夜。闇色《やみいろ》の瞳は、まっすぐ俺を映していた。敵わない、と思い知るには充分だった。俺はきっと、どんな無理難題でも、サクラの願いなら叶《かな》えたいと思ってしまうだろうと。

『……ぎゅって、してもらってもいいですか？』

一瞬《いっしゅん》、誘惑《ゆうわく》されているような気分になったが、何かに怯えるように震えるサクラを見れば、そんな余裕《よゆう》などあるはずもないことはわかった。

俺はただ、彼女の不安を取り除けるならと、その華奢《きゃしゃ》な肩を抱いて寝た。本当に、それだけのはずだった。

甘えるように擦《す》り寄《よ》ってきた柔《やわ》らかな感触《かんしょく》が今も残っている。犬が腹を出して寝そべるように、彼女は俺を信頼《しんらい》してくれていた。そんな彼女に、俺はあの時、何を感じただろうか。一度知った肌《はだ》の柔らかさを、声の甘さを、思い起こしはしなかったか。

気づけば震えも収まり、寝息《ねいき》を立てていた少女に、どうか、と俺は願った。どうか、そんなに信用してくれるなと。男はどこまでも俗物《ぞくぶつ》だ。輝《かがや》く瞳を向けられる資格などない。込み上げる衝動《しょうどう》を抑《おさ》えるためだけに使った一晩を、サクラは決して知らないだろう。

「……守ると、決めた」

それは、ともすれば、自分自身からも。

お昼休憩《きゅうけい》もそろそろ終わり、という時間に、私は隊長さんの部屋に飛び込んだ。

「隊長さん隊長さん！　食べてみてください！」

部屋で書類に目を通していた隊長さんに、手に持っていた小袋《こぶくろ》をつきつける。

「じゃじゃん！　ブラウニーです！」

「お前が作ったのか」

「はい！　料理長の監督《かんとく》つきだったんですけど、全部一人で作りました！」

これでも私は人並みに料理ができるし、お菓子作りも好きだ。お母さんが料理好きで、子どもの頃から一緒に台所に立たされたから。初めての自作料理は、小学二年生のときのオムレツとおみそ汁《しる》だった。だしを入れ忘れるという初歩的な失敗は、あの一回だけだ。

「自信作なんです。食べて感想ください」

私は小袋を隊長さんに押しつけた。はいあーんしたいけど、前と同じできっと隊長さんは素直に食べてはくれないだろう。今重要なのは、隊長さんに食べてもらって感想を聞かせてもらうことだから、我慢我慢《がまんがまん》。

「そこまで言うなら貰《もら》おうか」

隊長さんは小袋から、一口サイズに切り分けられたブラウニーを取り出す。そのまま口に運んで、隊長さんは微《かす》かに笑みをこぼした。

「うまいな」

「よかったぁ、隊長さんの口に合わなかったらどうしようかと思いました」

好き嫌いはないと言っていたけれど、それでも味の好みはあるだろう。

一応、ブラウニーは甘さ控《ひか》えめにして、男の人でも食べやすい味になっていると思う。たくさん試行錯誤《しこうさくご》したんです。

「中に何か入っているな」

「オレンジピールです。チョコとオレンジは相性最高なんですよ！」

ふふん、と私は得意げな顔をして説明した。

基本の材料に、オレンジピールと炒《い》ったクルミ。香《かお》りづけにラム酒。こっちの世界にも普通《ふつう》に見知った材料があってビックリしたけれど、うれしい誤算だった。

「これは全部俺が貰ってもいいのか？」

「あ、はい！　厨房《ちゅうぼう》の人たちにはもう配りましたし、それは全部隊長さんのためのものですよ！」

隊長さんのために作ったものだけれど、監督してくれた料理長さんや、周りで冷やかしてくれた人たちにもその場で配った。手作りのお菓子は日持ちしないから、全部隊長さんに渡《わた》しても困らせてしまうだけだろうと思って。

　厨房の人たちにもそれなりに好評だった。それなり、というのは……みんな料理人だけあって舌が肥《こ》えているから、しょうがない……。

「隊長さんにはすごくお世話になってますし、何かお礼ができたらなって思いまして。日頃の感謝を込めて作りました！」

　ありがとうございます、と何度も言葉にして隊長さんに伝えてきた。でも、言葉だけじゃ全然足りない。何か少しでも返せれば、と思いついたのが、手作りのお菓子だった。

「気にしなくてもいいものを」

「気にしますよ。いつもありがとうございます！」

　人間どんなときだって、感謝の気持ちを忘れてはいけない。

　人を守ることがお仕事の隊長さんは、私の面倒を見るのも義務みたいに思っているのかもしれない。ファーストコンタクトのときの負い目だって尾を引いているみたいだし。だからって、私がそれに甘えきっていたら、隊長さんの負担は増えるばかりだ。

「お前は変わっているな」

　ふっ、と隊長さんの表情が和《やわ》らぐ。あ、私の好きな表情だ。眉間の皺がなくなって、優しい顔になる瞬間《しゅんかん》。……ちょっとだけ、ドキッとした。

「お前も食べるか？」

隊長さんはいくつか食べたあと、私にブラウニーを差し出した。味見でしか食べていないから、目の前に出されると誘惑が……。

「いただきます！」

隊長さんが持っているブラウニーをパクっといただく。口の中に広がる濃厚《のうこう》なチョコの甘みと、クルミの芳《こう》ばしさ。後に残るオレンジの香りが爽《さわ》やかだ。

「うん、やっぱりおいしい！　自画自賛だろうと構やしません」

これは大成功と言ってもいいだろう。料理長にはキメが粗《あら》いとかダメ出しされたけれど、ただの女子大生だった私が、プロのお眼鏡《めがね》に適《かな》うようなものが作れたらビックリだ。

「……お前な」

「へ？」

なぜか深い深いため息をつかれて、私はきょとんとする。どうかしただろうか。隊長さんの、その宙に浮《う》いたままの手は一体……。

直前の自分の行動を振《ふ》り返《かえ》ってみて、もしやと気づく。そうか、隊長さんは手渡そうとしていたのか！　それを私がそのまま食べちゃったのか！　隊長さんにそのつもりはなかったというのに、強制的に『はいあーん』させてしまった……。

「えーと、ごめんなさい？」

とりあえず、私の過失のようなので謝《あやま》ってみる。どうして手渡されるという発想が出て

なぞった。

私にブラウニーを食べられたまま固まっていた手が、すっと動いた。何とはなしにその動きを目で追うと、その手はまっすぐ私に伸びてきて、無骨な指が私の唇《くちびる》をゆっくりとなぞった。

へ!? な、ななな何これ！ なんのつもり!?

猛烈《もうれつ》な恥ずかしさに襲《おそ》われ、身体がカチンと固まる。もしやキスとかする流れですか。そうなんですか隊長さん!?

混乱する私をよそに、隊長さんの手は何事もなかったかのように離《はな》れていく。その指にブラウニーのカスを摘《つま》んで。なるほど、それを取ろうとしただけだったのか……。

「あとは、お前が食べろ」

「え？ でもこれ、隊長さんのために作ったんですけど」

隊長さんに小袋を押しつけられて、私は困惑《こんわく》する。袋の中にはまだブラウニーが半分近く残っている。さっきまでおいしそうに食べていたのに、急にどうしたんだろうか。

「……今はもう、甘いものはいい」

私から視線をそらして、隊長さんはそう言った。何か、本当に言いたい言葉を飲み込んで、別の言葉を選んだような。そんな、すっきりしないニュアンスがあった。

「……もう、充分だ」

ため息混じりのその言葉は、私の心に重く響いた。隊長さんは、甘いものは少しでいい派なんだろうか。それとも、甘すぎたのかもしれない。

甘さ控えめに作って、隊長さんにもきっとおいしく食べてもらえると思っていたけれど。

……恩返し、失敗のようです。


タッタッタッ、と廊下《ろうか》を走る足音が響く。この砦には、廊下を走っちゃいけません！　と注意する先生はいない。

今日は訓練で怪我《けが》をした人がいたようで、打撲用《だぼくよう》の軟膏《なんこう》が足りなくなったから倉庫から持ってきてほしい、とお昼休憩の直前に頼まれた。早く行かないとデザートがなくなってしまうかもしれない。今日はプリンだって事前に聞いていたのに！

あともうちょっとで食堂、といったところで、目の前の曲がり角に人影《ひとかげ》が見えた。や、やばい、人も急には止まれない！

「……廊下は走らない」

「は、はい」

先生……！　と思わず言いたくなったけれど、私を受け止めてくれたのは隊長さんだった。ガッシリした片腕に抱き込まれるような体勢と、汗《あせ》の匂いにドキドキした。

隊長さんは私をちゃんと立たせると、腰《こし》を折って、近くに落ちていた白いものを拾った。

「これはお前のか？」

えっ、と思ってスカートのポケットを確認《かくにん》すると、中には何も入っていない。今の衝《しょう》撃《げき》で落としてしまったらしい。折りたたまれた紙を、隊長さんは開こうとする。

「み、見ちゃダメです……!!」

私は慌てて隊長さんの手から奪《うば》い取《と》る。あまりの勢いに目を丸くした隊長さんは、すぐに怪訝《けげん》そうに眉をひそめた。あああ、やってしまった、今のはかなり怪しかっただろう。

「えっと、別に隠し事とかじゃないんですけど！　これはちょっと！　ダメなやつで！」

「……そうか」

私の説明にも、隊長さんの眉間の皺は減らない。不機嫌《ふきげん》そうというよりも、微妙《びみょう》に落ち込んでしまっているような……？

「あっあの！　何か私にできることってありませんか！」

「……なんだ、急に」

「隊長さんにはたくさんお世話になってますから、お礼がしたいんです！　私にできることとは少ないと思いますけど、なんでも言ってください！」

「なんでも……」

何かを考えるように小さく呟《つぶや》いた隊長さんは、すぐに私から目をそらしてしまった。その頬が少し赤く見えるのは、私の気のせいだろうか。

「隊長さん？」

「……お前はもう少し考えてから物を言え」

「ちゃんと考えてますよ！」

失礼な！　と私が反論すると、隊長さんはどこか疲《つか》れたようにため息をついた。

「先日のブラウニーもうまかった。前にも言ったが、気にしなくていい」

相変わらず、謙虚《けんきょ》というか、奇特《きとく》というか。隊長さんは私の面倒を見ることに少しの不満も持っていないんだろうか。気遣《きづか》いを感じるたびに、どうしてそんなに優しいのかと不思議に思ってしまう。そんな隊長さんだからこそ、私もお礼をしたいのだけれど。

「でも、何かしてもらったらお礼を言うのは当然です。何も恩返しできてないんですから、お礼くらいは素直に受け取ってください」

「……ああ」

私の言葉に、隊長さんは微笑みを浮かべた。青みがかった灰色の瞳に柔らかな光が灯《とも》る。

……また、だ。

最近、こんな目で見つめられることが増えたような気がする。穏《おだ》やかで包《つつ》み込《こ》むような、だけど少し熱いような。私に何かを伝えようとする、温度を感じるまなざし。その目を向けられると、急に居心地《いごこち》が悪くなって、そわそわしてしまう。

私、何かしましたっけ？


「うーん、これは……」

「なんと言いますか……」

お昼休み、無事にご飯もプリンも食べた後、問題の紙をエルミアさんとハニーナちゃんに見てもらった反応がこちら。やっぱり隊長さんに見られなくてよかった……。

「いいんです、みなまで言わないでください。私が一番わかってます！」

紙には、私の書いた、文字とも呼べない干《ひ》からびたミミズが数匹《すうひき》。

精霊の自動翻訳《ほんやく》のおかげで、私は会話に困らないし文字も読める。だから、きっと書くこともできるだろうと根拠《こんきょ》もなく信じていたんだけれど……ここに落とし穴があった。

ふと、薬の名前をこの世界の言葉でメモしようとして、気づいた。私の書いた字が、ぐちゃぐちゃのヘニョヘニョで、文字を習い始めた幼稚園児《ようちえんじ》レベルだということに。

「書き方はわかるのよね？」

「はい……自然と頭の中に思い浮かぶので、お手本を見ながら書く感じなんですけど」

「最初からお手本通りには書けない、と」

……その通りです。私は力なくうなだれる。精霊の力も万能《ばんのう》ではないらしい。

「手紙を書いてみたらどうでしょう？」

「手紙ですか？」

「普通に練習するよりも、実践《じっせん》しながらのほうが上達すると思うんです。手紙なら、読んでもらうためにちゃんと書かないと、という気持ちが働くでしょうし」

「なるほど……」

　ハニーナちゃんの言葉に、私は目をぱちくりさせる。それなら勉強嫌いの私でも、早く上達するかもしれない。希望の光が見えた気がする。

「じゃあ、二人宛《あて》に手紙を書かせてください！」

「いいわよ。添削《てんさく》してあげる」

「楽しみに待ってます」

　ちょっとうれしそうに言ってくれる二人のために、がんばって練習しよう。瀕死《ひんし》のミミズみたいな文字でも、二人なら笑って許してくれるだろう。

　それで、ちゃんと読める文字が書けるようになったら、隊長さんにお礼の手紙を書こう。

きっと、言葉より伝わるものもあるだろうから。

嵐の夜に訪ねてから、私の中でハードルが下がってしまって、たまに夜にも隊長さんの部屋を覗《のぞ》きに行くようになった。もちろん、寝る時間よりはだいぶ早くにだけれど。

隊長さんは私にとって精神安定剤《せいしんあんていざい》みたいな人だ。特に何をするというわけでもなく、顔を見るとそれだけで落ち着く。話を聞いてもらえるとうれしくなるし、笑いかけてもらうと心がほかほかする。

ついつい、部屋にお邪魔する頻度《ひんど》は増えていく。余計に噂を助長することになるんじゃないか、ということに関しては、目をつぶったまま。

「隊長さん、それ、お酒ですか？」

「ああ」

いつものように部屋を訪れた私は、晩酌《ばんしやく》している隊長さんに目を丸くした。何か飲みたくなるようなことでもあったんだろうか。機嫌は悪くなさそうに見えるから、ただ単に飲みたい気分だっただけかもしれない。

「わー、私も飲みたい！」

お酒は一人で飲むより誰かと一緒に飲んだほうがおいしいものだ。私がそう言って隣に座ると、隊長さんは眉をひそめた。

「未成年が飲んでいいものじゃない」

「え、ひどい！　私、今年で二十歳《はたち》になりましたよ！　成人してますよ！」

「……冗談だろう？」

ぽかんとしたマヌケ面《づら》から察するに、どうやら隊長さんは本気で驚《おどろ》いているようだった。

薄々《うすうす》そんな気はしていたけれど、やっぱり実年齢《ねんれい》より下に見られていたらしい。

「隊長さん、私のこと何歳《なんさい》くらいだと思ってたんですか？」

「十五、六だと……」

五歳も下!?　隊長さんの目は節穴すぎるよ！

この国では十八歳で成人と聞いたから、本当に未成年だと思われていたようだ。若く見られるのはうれしいことだとよく言うけれど、幼く見られるのは全然うれしくない。

「そんな子どもに手を出したんですか隊長さん！　ロリコンですか！」

「す、すまない……」

「悪いと思ってるならお酒飲ませてください！」

関係ないような気がするけれど、ノリでそう言ってみた。隊長さんは勢いに流されやすいというか、情に訴《うった》えかけると弱いと私は知っている。

「……強いぞ？」

「けっこうイケる口ですよ、私。苦手なお酒もあるけど」

家族がみんなお酒好きだったから、二十歳になってからの一ヶ月ちょっとで、色んなお酒を試させられた。日本酒も焼酎《しょうちゅう》も平気だったけれど、ウイスキーはあまり好きになれなかった。一番好きなのは甘いリキュール系。特にファジーネーブルがお気に入りだ。

「舐《な》める程度にしておけ」

「わーい、いただきます！」

グラスを手渡されて、私ははしゃぎながら受け取る。濃《こ》い琥珀色《こはくいろ》の液体は見るからにアルコールといった感じで、色はウイスキーにもブランデーにも似ていた。味はどうだろう、と試しに一口二口飲んでみる。

舐める程度？　なんのことだろう。

「あれ、意外と甘い。隊長さんって辛口派《からくちは》だと思ってました」

のどをカッと焼く感じはたしかに強いお酒だけれど、甘くて飲みやすかった。どっちかというと私好みの味だ。

「口に入れるもので選《え》り好《この》みをしたことはない」

「とろーってしてておいしいですね～。果実酒か何かかな？」

実際にとろみがあるわけではないけれど、味が濃いからかそんな感じがした。隊長さんはストレート派なんだろうか。私はこういうお酒はソーダ割りかオンザロックが好みだ。

「蒸留酒《じょうりゅうしゅ》に数種類の果物を漬《つ》け込《こ》んである。これには入ってないが、実も食えるぞ」

「なるほど、梅酒とかサングリアみたいなものでしょうか」

隊長さんが見せてくれた酒瓶《さかびん》には、たしかに実らしきものは入っていない。残念。梅酒の梅は大好きだったから、このお酒の実も食べてみたかった。

「おいしいです～」

ごくごく、と私は景気よくお酒を飲む。隊長さんのお酒なのに、という遠慮は三口目くらいからなくなっていた。遠慮のなさは通常運転だもんね！

「おい、飲みすぎだ」

隊長さんにグラスを取り上げられたけれど、そのときにはもうほとんどグラスの中にお酒は残っていなかった。飲みやすかったから、つい。ごめんあそばせ！

「そんなことないですよ～。えへへ、あま～い」

「……酔《よ》っているのか？」

「またまた～、酔ってませんったら～」

口の中に残る甘さに、いい気分になってくふふと笑う。これくらいで酔うほどお酒に弱くない。酔ってないったら酔ってないんだからね。

「……顔に出にくいのか」

隊長さんは私の反応に、しかめっ面になった。あれれ、機嫌急降下？　私のせい？

「たいちょーさん？」

「自分の部屋に戻れるか？」

「え～、まだ戻りません！　もっと隊長さんとお話しする！」

いつもだったらもう少し相手をしてくれるのに、そんなことを言うなんて寂《さび》しい。私は隊長さんともっと一緒にいたいのに。隊長さんは、そう思ってくれないんだろうか？

「……仕方がない」

隊長さんは一つ息をついて立ち上がる。なんだろう？　と不思議に思っていると、軽々と抱き上げられた。すごい、乙女《おとめ》の憧《あこが》れのお姫様抱っこだ！

「隊長さん力持ち～！」

楽しくなってきて、隊長さんの腕の中で大はしゃぎした。今なら精霊と同じくらいテンションの高い笑い声が出せそうな気がする。

隊長さんはそのまま寝室まで移動して、私をベッドの上に下ろす。横になるとなんだか気持ちがよかった。身体がぽかぽかで、ふわふわしている。

「もう寝ろ」

隊長さんは私にお布団をかけて、そう言った。頭を撫でる手が優しくて、このまま寝るのはもったいないなぁ、と思った。

「眠くなーい、ですよ～」

「それでも寝ろ」

「隊長さん冷たい～」

「……どうしろというんだ」

隊長さんはため息をついて頭を抱えてしまった。

まだ寝るにはだいぶ早い時間だし、もう少しお相手してくれてもいいじゃないか。

そう思うのは、私のわがままなんだろうけれど。隊長さんはいつもわがままを聞いてくれるから、もっと甘えたくなってしまう。

「ちゅーしてください、ちゅー」

なんにも考えずに、思ったことをそのまま口にした。そのときの隊長さんの顔は見ものだった。まるで般若《はんにゃ》。この上なく困惑しているのがわかる、般若。どこからどう見ても怒り顔なのに、困っているのが伝わってくるなんて、隊長さんは器用だ。

「お前は……まったく」

はあぁ、と深～いため息をつかれる。呆れているんだろう。でも、ちゅーしたいと思ってしまったんだもの。正直なのはいいことだ。

「……これで我慢しろ」

何かと思ったら、隊長さんは私の額に軽くキスを落とした。本当に軽い、羽が触れたかのような感触。うれしかったけど、でも、うん、やっぱり物足りない。

「うふふ、違《ちが》いますよ～。ちゅーは……」

私は隊長さんの両頬に手を添《そ》えて、顔を近づける。隊長さんは目を見開いたけれど、逃がさない。ちゅ、とまずはバードキス。

「口と口じゃなきゃ、ダメなんですよ〜」

クスクス笑いながら、もう一度キスをする。隊長さんの唇は、思っていたよりも柔らかかった。実のところ、隊長さんとキスをするのはこれが初めて。あの夜は一度もしなかったから。

隊長さんとのキスはとても気持ちがいい。もうちょっと、と私は舌で唇を割って、隊長さんの舌にそっと触れる。隊長さんは、逃げなかった。それどころかだんだん、私のほうが追い詰められていく。気づけば、主導権は隊長さんが握《にぎ》っていた。

「んっ……ふ……」

私の舌が隊長さんの舌に絡《から》め取られて、私はたわむれるように軽く歯を立てる。深いキスに息が苦しくなってくる。でも、やめたくない。もっともっとキスしたい。ずっとキスしていたい。飲み込みきれなかった唾液《だえき》が口《くち》の端《はし》からこぼれていく。

「はっ……や、あ……」

隊長さんの唇が、唾液を追いかけるように首筋をなぞる。ゾワゾワとして、思わず声がもれた。首の下まではこぼれてないと思うけど、そんな野暮《やぼ》なことはもちろん言わない。

「たいちょ、さ……あっ！」

肩に走ったチリッとした痛みに、少し大きな声を上げた。その声にはっとしたように、隊長さんは身体を離す。唐突《とうとつ》に失われた熱に、私はぼんやり、寂しいな、と思った。

「もう終わり、ですか？」

続き、しないんですか？

そんな期待を込めて隊長さんを見上げてみる。隊長さんは気まずげに目をそらして、小さく「すまない」と口にした。キスをしたのは私からで、隊長さんは謝ることなんて何もしていないのに。

「……寝ろ」

そう言って隊長さんは私をベッドに横たえる。肩まで布団をかけてから、隊長さんは身を翻《ひるがえ》して寝室から出て行ってしまった。一度も私を振り返ることなく。

「さびしいよー」

ごろごろとベッドの上で転がりながら、私は呟く。その声は思っていたより切なく響いた。与《あた》えられた熱が忘れられない。それは、あの最初の夜よりも、熱くて激しくて、私の心を揺さぶるものだった。

キスしたい、と言ったのは単なる思いつきだった。でも、キスしたらわかった。納得してしまった。きっと私はずっと、それを望んでいたんだって。

くすぶる熱をしばらく持て余していたけれど、お酒の力というのはすごい。その夜は気づけばぐっすり眠っていて、翌朝危《あや》うく寝坊《ねぼう》するところだった。

だけど悲しいことに、お酒の力は、恥ずかしい記憶《きおく》まで消してくれることはなかった。

5 猪突猛進が私のモットーです

明けない夜はない。どんな人にも、朝は等しくやってくる。その言葉をこんなに絶望的な気持ちで実感する日が来るとは、思ってもいなかった。

あくる朝、目が覚めたら当然隊長さんの部屋で。お酒に酔《よ》って好き勝手しまくった記憶《きおく》は全部残っていて。私は隊長さんのベッドの上で、撃沈《げきちん》した。

ベロチューだよベロチュー。何やらかしてんの私！　酔っていたなんて言い訳にもならない。自分がこんなに痴女《ちじょ》だったなんて知らなかった。あんな姿をさらして、隊長さんは一体どう思ったことか……ほんと、私の大バカ。

「サクラさん、どうかしました？」

「あっ、ごめんなさい、ぼーっとしてました」

ハニーナちゃんの声に我に返る。いけない、今は仕事中だった。

「ここ数日、ずっとそんな調子ですけど。やっぱり……何かあったんですか？」

そう、もうあのベロチュー事件から三日も経《た》っていた。時間を置けば置くほど、自分のバカさ加減を思い出しては頭を悩《なや》ませてしまっている。

「だ、大丈夫《だいじようぶ》です！　ちょっと、なんていうか、季節の変わり目だから！」

「そうですか……話したくなったら、話してくださいね」

「……はい」

わかっていてごまかされてくれるハニーナちゃんは、優《やさ》しい。エルミアさんも、二度目の朝帰りを深くは詮索《せんさく》しないでくれた。二人には心配かけてばかりで申し訳ない。私の周りは温かい人ばかりだ。

「次は中央棟《ちゆうおうとう》の二階でしたっけ」

「はい。中央棟、広いから大変ですよね」

ハニーナちゃんと一緒《いつしよ》に渡《わた》り廊下《ろうか》を歩いている。掃除《そうじ》する場所はたくさんあるから、さかさか移動してさかさか掃除しちゃわないといけない。

中央棟は主にみんなが日中活動する場所だ。隊長さんや役職持ちの執務室《しつむしつ》、雨の日用のだだっ広い鍛錬《たんれん》部屋、食堂にリネン室もある。三つある棟《とう》の中で一番広くて、昼は人もたくさんいるし、邪魔《じやま》にならないように掃除するのが大変な場所でもある。

西棟から、鍛錬場が見える渡り廊下を通って中央棟に入る。ふと廊下の隅《すみ》に目を向けると、そこには誰《だれ》かとお話し中の隊長さんがいた。何日かぶりに見た隊長さんの姿に、一瞬《いつしゆん》で心が浮《う》き立《た》つ。

「あ、隊長さ……」

声は、途中《とちゅう》で途切《とぎ》れた。ちらりとこちらを見た隊長さんが、即座《そくざ》に踵《きびす》を返したから。

え？　何、今の。絶対、私のことに気づいたよね？

一緒に話していた人も驚《おどろ》いているみたいだから、話の途中だったんだろう。あからさますぎて、隊長さんらしくなかったけれど……私は、完璧《かんぺき》に避《さ》けられているらしい。

おかしいとは思っていた。この三日、謝《あやま》りたくてお昼休憩《きゅうけい》に部屋に行っても隊長さんはいなかった。夜に行っても応答はなく、鍵《かぎ》までかかっている。加えてなぜか、廊下で見かけることすらこれが初めてだ。避けられているのでは、と薄々《うすうす》感じてはいた。

「サクラさん？」

ハニーナちゃんに呼ばれて、立ち止まっていたことに気づいた。今は仕事中で、隊長さんを追いかけられない。距離《きょり》もあったから追いかけたところで捕《つか》まえられないだろう。

「ううん、なんでもないです」

私はそう答えて、少し先に行っていたハニーナちゃんを追いかけた。一度だけ振《ふ》り返《かえ》って、さっきまで隊長さんのいたところを見る。隊長さんと話していた人も、隊長さんを追いかけたのかただ移動したのか、今はそこにはいなかった。

……そんなに、嫌《いや》だったんだろうか。もう顔も合わせたくないんだろうか。そう思うとすごく悲しくなってくる。

ズキズキと胸が痛む理由を、私はもう知っている。

とっても素敵な、でも自分の思い通りにならない気持ちを、見つけてしまった。

最初は、優しくて誠実な人だと思っていただけだった。少しずつ距離が縮まって、甘《あま》えを許してくれて、兄や父のように感じていた部分も少なからずあった。

でも、私は家族とキスをしたいなんて思わない。

忘れたいくらい恥《は》ずかしい醜態《しゅうたい》を晒《さら》した、あの夜。さすがに、気づくしかなかった。お酒に弱いわけじゃない私は、酔っただけではあんなふうにはならない。お酒の力を借りただけで、キスをしたのは私の意思だった。

私はずっと、隊長さんのことが――。

「さ、お仕事がんばりましょう！」

今はとにかく、仕事仕事。わざと大きな声を出して、私は気合を入れ直した。


それからさらに数日が過ぎた。

隊長さんは私を徹底的《てっていてき》に避けているようで、まず見かけることすら稀《まれ》。遠くから姿を見たのだって二回だけ。そのどちらもすぐにその場から去られてしまった。

最初はすごくショックだった。悲しかった。でも、だんだんと怒《いか》りが込《こ》み上《あ》げてきた。

ねえ、隊長さん。私がこの世界に来て、もう一ヶ月過ぎちゃったんですよ。一ヶ月記念だなんて祝うつもりはなかったけれど、世間話として話題にして、時間が経つのは早いですね、とか言いたかったのに。顔を合わせることすらできないのは、嫌だ。

ということで、温厚《おんこう》な私もいい加減、堪忍袋《かんにんぶくろ》の緒《お》が切れそうなので。確実に隊長さんとお話しするために、仕事が終わってすぐ、夕食も食べずに待《ま》ち伏《ぶ》せすることにした。

場所は、隊長さんの私室がある最上階の、いつも隊長さんが使うほうの階段の横。階段を上ってくるときには見えないよう、死角になる場所で息をひそめる。

この階には隊長さん以外の部屋もあるから、何人か顔を合わせることになったけれど、なぜかみなさん「がんばれー」とか「負けるな」とか言い残していく。……隊長さんが私を避けていることに、みんな気づいているらしい。でもって、私がそれをとっ捕まえようとしているのを応援《おうえん》してくれているらしい。第五師団のみなさんは本当に仲良しだ。

カツ、カツ、カツ。

階段を上ってくる、男の人にしては静かな足音。隊長さんだ、と直感が告げる。

私はなんだか泣きそうになった。足音でわかってしまうくらい、私はやっぱり隊長さんのことが好きらしい。ずっとずっと、隊長さんの存在を求めていたらしい。

人の影《かげ》を捉《とら》えた瞬間《しゅんかん》、私はバッと手を伸《の》ばした。両手でその人の袖《そで》を掴《つか》む。隊長さんは勢いよく振り返って、条件反射か私の手を払《はら》い、距離を取った。

「こんばんは」

私だとわかると、隊長さんは気まずそうな顔をした。返事をすることなく、私から顔を背《そむ》ける。そしてそのまま、私のことなんて知らないとばかりに歩き出してしまう。

……ちょ、ちょ、ちょっと待って！

「なんで避けるんですかっ！」

私は隊長さんに遅《おく》れないよう、駆《か》け足《あし》でついていく。隊長さんの足はまっすぐに私室を目指している。籠城《ろうじょう》するつもりだと気づいて、私はさらに歩を速める。

隊長さんが私室の扉《とびら》を開くと同時に、私は再度、彼《かれ》の袖を摑む。隊長さんは摑まれた腕《うで》を数秒じっと見下ろし、逃《に》げることを諦《あきら》めたのか、一つため息をついてから部屋に入った。引っ張られるように、私も一緒に。たしかに、ゆっくり話すなら室内のほうがいい。

「……悪かった」

部屋に入ってすぐ、隊長さんは視線をそらしたまま、小さな声で言った。

「謝るくらいなら理由を話してください！　ほとんど姿を見なくなったし、休憩時間に部屋に行ってもいないし、夜は鍵がかかってます。ごくたまに姿を見てもすぐに逃げるじゃないですか。私、すっごく寂《さび》しいです！」

違《ちが》う。こんなこと言いたかったわけじゃない。まず最初に謝るつもりだったのに、なんでこんな、責めるようなこと。でも、こぼれたのはまぎれもなく私の本心だった。

「……勘弁《かんべん》してくれ」

隊長さんは私と目を合わせようとしない。離《はな》してほしいのか腕を引かれるけれど、私はさらに強く袖を握《にぎ》った。逃げないでください、隊長さん。

「ちゃんと話してください。私のこと、嫌《きら》いになりましたか？」

隊長さんと話せないなんて、隊長さんの顔が見られないなんて、私には我慢《がまん》できない。あの夜のことが嫌だったのなら、いくらでも謝る。許してくれなくていいし、怒《おこ》ってもいいから、避けないでほしい。できれば、以前と同じように接してほしい。

そして、いつかは好きになってほしいと思っているのも、事実なのだけれど。

「違う。俺《おれ》が……俺が、今まで通りではいられないから」

「今まで通り？」

隊長さんの視線が、私の首筋から肩《かた》のあたりに向けられる。私が酔ってキスをした夜、隊長さんがキスマークをつけたところだ。痕《あと》はもうきれいに消えてしまっている。それなのに、隊長さんは私に傷でもつけたかのような、罪悪感でいっぱいの顔をする。

「一緒にいると、触《ふ》れたくなる」

それはどういう意味だろう、と私はゆうに十秒くらい、頭を悩ませた。

性的な意味でということかな、と遅ればせながら思い至って、こんなときになんだけれどほっとした。どうやら私は、隊長さんの好みの範疇《はんちゅう》だったらしい。

実はけっこう脈ありだったりするんだろうか。身体《からだ》に興味があるだけだったとしても、まったく興味がないよりは望みを持てるはず。

「触れればいいじゃないですか」

私がそう言うと、隊長さんは思いきり眉《まゆ》をひそめた。相変わらず、視線で人を殺せそうな強面《こわもて》だ。そんな顔すら一週間ぶりだから、怖《こわ》さよりも懐《なつ》かしさで胸が締《し》めつけられる。

「ただ触れるだけじゃない。それ以上のことをしたくなる」

「すればいいじゃないですか」

「抱《だ》かないと言った」

「前言撤回《てっかい》してもいいですよ」

「しない」

「してください」

どっちも一歩も引かない。正確には、隊長さんが引いているところを私が押《お》せ押《お》せゴーゴーしている状態だ。

私がいいって言っているのに、隊長さんは強情《ごうじょう》すぎる。真面目《まじめ》だから、身体だけの関係が嫌なのかもしれないけれど。だったら心ごと私にくれれば問題ないですよ、なんて。

「お前は……」

隊長さんの仏頂面《ぶっちょうづら》が、崩《くず》れる。なんて表現したらいいのか、よくわからない顔。悔《くや》しそうな、悲しそうな……泣き出しそうな。

「お前はどうせ、俺のことが好きなわけではないんだろう？」

その声は、一息では飲み下せないほどの苦々しさを含《ふく》んでいた。

「なんですかそれ。関係あるんですか？」

「あるから言っている」

説明しようとしない隊長さんに、私は焦《じ》れる。本当のことなんて言ったら、困るくせに。

もういい。そっちがその気なら、好きなだけ困らせてあげよう。

「好きですよ。すっごく好きです！」

掴んでいた袖を一旦《いったん》離し、今度はその手を両手で握って、まっすぐ隊長さんの灰色の目を見ながら言い放つ。

散々な言い方になってしまったけれど、今の私の偽《いつわ》らざる本音だ。こんな微妙《びみょう》すぎるタイミングも、ある意味私らしいかもしれない。

「意味が違う」

「そんなの知りません。好きったら好きです！」

「……煽《あお》るな」

「煽られてください！」

悲しいというよりやるせなくて、私は必死に言葉を重ねる。私は今すぐ隊長さんに食べられちゃってもいい。それは私の貞操《ていそう》観念が薄いからじゃなくて、相手が隊長さんだから。私の身体に興味があるだけだとしても、好きな人に触れてもらえるなら、私は幸せだ。

「……大切に、したいんだ」

両手で握っていた手に力が込められて、握り返される。たしかに握られているのに、突《つ》き放《はな》されているような気になった。

「今でも充分《じゅうぶん》、大切にしてもらってますよ」

ずっと、隊長さんに優しくしてもらってきた。赤の他人の私を心配してくれて、何もわからない私に必要なものを用意してくれて、一人ぼっちの私の支えになってくれた。隊長さんがいなかったら、私は今頃《いまごろ》どうなっていただろう。そう考えるのが怖いくらい、私は隊長さんに大切に守られてきた。彼を好きになるのは、必然だった。

「だから、そのままでありたい」

隊長さんの言う〝そのまま〟とは、なんだろう。保護者と被保護者みたいな関係だろうか。そもそも隊長さんが私の面倒《めんどう》を見てくれたのは、私に負い目があるからだった。一番最初に色んなものを飛《と》び越《こ》えて男女の関係になってしまったんだから、今さらそれをなかったことにするのは無理な話だ。

「隊長さんが好きです」

「……そうか」

繰《く》り返《かえ》し言ったところで意味はない。わかっていても、私はそう言葉にした。

隊長さんはどこか苦しそうな顔で、小さく頷《うなず》いただけ。ああ、私の言葉は今の隊長さんには届かないんだと、理解できてしまった。

たしかに私はノリが軽いし言葉も軽い。信じられないのもしょうがないのかもしれない。

でも、隊長さんのことが好きだというこの気持ちは本物だ。

この気持ちが恋じゃないというなら、何が恋だというんだろう。

隊長さんはそれから、私をあからさまに避けることだけはやめてくれた。でも、ぎこちなさはいまだ健在《けんざい》だ。

部屋に行くと困った顔をするし、好きだと告げるとしかめっ面になる。触れないどころか、半径一メートル以内には近づかないという徹底ぶり。そこまでされると私も攻《せ》めあぐねて、さらにギクシャクしてしまう。

このままでいいと思っているわけじゃない。でも、あんなにわかりやすく拒絶《きょぜつ》されて、どうやって近づけばいいんだろう。

顔を合わせれば世間話には付き合ってくれるだけ、避けられていたときよりはずっといい。大切にしたいと言われたし、好意は持たれているんだろう。恋愛《れんあい》感情なのかどうかは、わからないけれど。

なんとなく生殺しのような、そんな日々が続いて。

変化は、唐突《とうとつ》に訪《おとず》れた。

その日は朝から身体がだるくて、仕事に身が入らなかった。

出された指示が一回で理解できなかったり、仕事中だというのにぼんやりしてしまって手が止まったり。注意力が散漫《さんまん》すぎて、何度か転びそうになったりした。

それでもなんとか午前をやり過ごして、昼休憩に私は隊長さんの私室を目指した。無《む》性《しょう》に隊長さんに会いたかった。ううん、会わなきゃいけないような、そんな気がした。

最近の隊長さんは休憩時間にも部屋にいないことがある。だからって、さすがの私も仕事中かもしれない執務室に突撃《とつげき》できるほど厚かましくはない。少しでも会える可能性がある場所に行くしかなかった。

一歩一歩と隊長さんの部屋に近づく。その足取りは、すれ違う人の反応を見るに、かなり危なっかしいんだろう。心配して声をかけてくれる人もいた。

頭に霞《かすみ》がかかっているようで、歩いている感覚も薄い。身体がぽかぽかと温かいような、むしろ今すぐ服を脱《ぬ》ぎたいくらいに暑いような。

これはどう考えても体調不良だ。頭の片隅《かたすみ》のどこか冷静な自分が、他人事《ひとごと》のようにそう判断する。

「たいちょ～さ～ん……」

ノックをする気力もなく、私は隊長さんの部屋に倒《たお》れ込《こ》むように入っていった。

「どうした？」

隊長さんが慌《あわ》てて駆け寄ってきて、でも、私の二歩手前で立ち止まる。それが悲しくて、私は自分から隊長さんの胸に飛び込んだ。いつもなら避けられていたかもしれないけれど、私の様子のおかしさに気づいたのか、隊長さんは抱き止めてくれた。

「身体が、熱いんです」

言いながら、私はすりすりと隊長さんに身を寄せる。布越《ぬのご》しに伝わる、今の私より低い体温が気持ちいい。ずっとこうしていられたらいいのに。

「熱があるのか？」

隊長さんは私を支えながら、無造作に首に触れた。瞬間、ゾワッと全身を駆《か》け巡《めぐ》った感覚に、息を詰《つ》まらせる。くすぐったいとか、そんな生易《なまやさ》しいものじゃなかった。そう、言うなれば……快感。

「熱いな」

隊長さんの言葉に、首で熱を計っているのだと遅《おそ》まきながら気づいた。太い血管のあるところだから、額よりも正確にわかると聞いた覚えがある。

「もっと触《さわ》ってください」

私はそう言って隊長さんを見上げた。隊長さんが目を見張って、それからだんだんと苦々しい表情になっていく様子を、私はぼんやりと眺《なが》めていた。

「お前な……」

「ひゃっ！」

隊長さんの指が首筋をなぞると、ゾワゾワとして足の力が抜《ぬ》けていく。少しガサガサした指が、肌《はだ》を滑《すべ》って鎖骨《さこつ》までたどりつく。立っていることすらできなくなって、隊長さんにもたれてバランスを取った。腰《こし》を支える腕にすら反応してしまう。

元から調子が悪くて呼吸が浅かったけれど、今はさらに乱れていた。媚薬《びやく》でも飲まされたのかというほどの自分の反応が、不思議で仕方ない。

「まったく、お前はどれだけ俺の忍耐力《にんたいりょく》を試《ため》せば気が済むんだ」

隊長さんのため息が微《かす》かに耳をくすぐる。それだけでも妙《みょう》な気分になってしまうんだから、本格的に何かがおかしい。隊長さんに触れられてうれしい気持ちと、もっと触ってほしい欲求が、渦《うず》を巻いている。

「そんなつもり、ないです」

「ああ、そうだったな。お前はただ気持ちよくなりたいだけか」

「エッチな子みたいに言わないでください」

「違うのか？」

「うう、否定できない……」

たしかに、気持ちいいことは大好きだ。甘いものを食べて幸せになったり、あったかいお布団《ふとん》にほっとするのと一緒で。

それは誰だって持っている感覚だと思うんだけれど、違うんだろうか。

「とりあえず、座《すわ》れ」

隊長さんは私を支えたまま、ゆっくりと歩き出す。言うことを聞いてくれない足をどうにか動かすけれど、ソファーまでのわずかな距離すら遠い。

「ベッドじゃないんですか？」

「……俺の理性がもたない」

隊長さんは顔をしかめて言う。理性なんてもたなくてもいい。一緒に寝《ね》れば、具合の悪さもどうでもよくなりそうなのに。もちろんこの場合の〝一緒に寝る〟は要深読みだ。

ソファーに座らせられてから、隊長さんは私の首や顎《あご》を触り、脈を計り、目を覗《のぞ》き込《こ》んだ。具合を確認《かくにん》されているだけなのに、触れられるたびにドキドキするし、ざわざわする。気を抜くと変な声が出そうになるし、こんにゃくになってしまったみたいに身体に力が入らない。

「体調を崩したわけではないな。何か変なものでも食べたのか、精霊《せいれい》の客人特有のものか」

「出されたものしか食べてませんよぅ……」

そう答えながら、私は目の前に膝《ひざ》をついている隊長さんにもたれかかった。熱くて熱くて仕方がない。隊長さんに触れてほしいと、全身が訴《うった》えているみたいだ。

「隊長さん、触って」

耳元で囁《ささや》くと、隊長さんはピクリと身体を震《ふる》わせた。

「これ以上は歯止めが利《き》かなくなる」

「歯止めなんて利かなくってていいです」

「抱かないと言っただろう」

「そんなの無視しちゃってください」

隊長さんは長いため息を吐《は》いて、それから急に私を抱き上げた。いきなりのことに目が回ってしまった私の視界が元に戻《もど》ったときには、すでにベッドの上。色仕掛《いろじか》けが成功したんだろうかと、喜び半分驚き半分で隊長さんを見上げる。隊長さんは何も言わず、私に布団をかけた。

……ん？　寝かしつけに入ってません？

「おとなしくしておけ」

ぽんぽん、と隊長さんの手のひらが頭に降ってくる。それはどう考えても、色気のあるものではなくて。子どもをあやすような、優しいぬくもりだった。

「たいちょーさんの意気地《いくじ》なし」

布団を口元まで引き上げて、私はそう言ってしまった。

こんなに好きなのに、隊長さんは信じてくれない。身体にこもった熱を持て余して、込み上げてきた涙《なみだ》を飲み込んだ。

「午後は休め。使用人頭には俺から言っておく」

言いながら私の頭を撫《な》でる、優しい手。最近はずっと、半径一メートル以内には近づいてこなかったのに。私の調子が変だから、今は特別大サービス中なんだろうか。元通りになったら、また、触ってくれなくなるんだろうか。

それなら私は、調子が悪いままでいい。手を出してくれないことは不満だけれど、距離を取られるのは……もっと嫌だ。

お願い、隊長さん。私を拒絶しないで。


黄色にピンクに緑に水色。白を基調としながら、様々な色が交じり合って輝《かがや》いている。

そんな不思議な空間に、私は漂《ただよ》っていた。

《やあ、サクラ！》

唐突に目の前に出現したのは、精霊のオフィ。オパールのような色をした姿はこの空間にいると、余計にファンタジーだ。この空間はオフィの身体の色とよく似ていた。

「……これって夢だよね？」

《そうだよ、これは夢。でも、ボクと話してるのは現実だよ》

夢だけど、現実。つまり、これは私の夢だけど、私の夢の中にオフィがいるということだろうか。

「精霊って、人の夢の中にも入れるものなんだ」

《夢の精霊と、人の子の精霊はね》

オフィの言葉に、ふむ、と私は考えてみる。以前聞いた、私を異世界召喚《しょうかん》するために力を使った精霊の中に、夢の精霊は入っていなかったはずだ。ということは、オフィは人の子の精霊なんだろう。私の中にいる精霊とオフィは、同じ種類の精霊なのか。

「夢の精霊はわかるけど、人の子の精霊は、なんで？」

《夢は人の頭が見せるモノなんだから、ボクたちの領域なんだよ》

「そっか、たしかに」

過去の記憶をつなぎ合わせて、脳が映像化しているのが夢の原理だった気がする。人の内側で起こっていることだから、人の子の精霊が干渉《かんしょう》できてもおかしくはないんだろう。

「ねえ、私の体調不良の原因、知ってたりする？」

ふと思いついて、私は聞いてみた。記憶がたしかなら、私は今現在、原因不明の体調不良のせいで、隊長さんの部屋のベッドで寝ているはずだ。

《もっちろん。それを伝えにきたんだもの》

「あ、そうだったんだ」

どうりで狙《ねら》ったかのようなタイミングだったわけだ。たまにしか会いに来ないわりには、きちんとこちらの状況《じょうきょう》を把握《はあく》しているらしい。もしかして、精霊には千里眼《せんりがん》のようなものが備わっていたりするんだろうか。

《キミの不調は、キミの中の子――フルーオーフィシディエンが関係してる》

「フルーが？」

《簡単に言うと、実力行使に出たんだね》

実力行使？　まったく意味がわからなくて、私は首を傾《かし》げる。

《キミの中の子は、キミと感情や感覚が同調してる。キミが感じたモノをフルーオーフィシディエンも同じように感じるんだ》

オフィの説明を、理解できるように頭の中で噛《か》み砕《くだ》く。

私が感じたものを、フルーも感じている。悲しい、うれしい、といった感情。おいしい、痛い、といった感覚。それらを全部、フルーと共有しているということ？

「それはなんというか、勝手に何してるんだって感じですね」

恥ずかしすぎて身悶《みもだ》えたくなる。親に黒歴史を見られるのとどちらがマシだろうか。

私が隊長さんのことを好きだという気持ちも、フルーにはダダモレだと考えると……嫌だ、嫌すぎる……。

《それでね、フルーオーフィシディエンがキミの中に入ってすぐ、キミは何を感じた？》

フルーが中に入ってすぐとなると、異世界トリップ直後のことだろう。私はこの世界に来たときの記憶を引っ張り出してくる。

「何って、えーっと……最初は驚いて、訳《わけ》がわからなくて、あとは……あ、快楽？」

《その通り！》

隊長さんに食べられたことを思い出すと、オフィは機嫌《きげん》よく私の周りを飛び回った。

《フルーオーフィシディエンはそれでキモチイイコトを知っちゃったんだ。同じモノをもっともっと欲《ほ》しいって、望んじゃってる》

「えーと、つまりエッチなことをしたいと……？」

媚薬を飲まされたような、というのはあながち外れていなかったらしい。フルーが催淫《さいいん》効果を発生させたんだろう。中に融合《ゆうごう》しているということは、私の身体をいじりたい放題なのかもしれない。さすがにこれは怒ってもいいような気がする。

《ボクたちは単純だからね。欲しいものは欲しいし、やりたいことはやりたい。だから異

世界から人も連れてきちゃうんだよ。そのほうが楽しいからね》
オフィはくりくりとした瞳《ひとみ》を細めて笑《え》みを作る。まだ三回しか話していないけれど、いつも楽しそうな様子を見ていると納得《なっとく》できる。精霊は本当に子どもそのものだ。
「たしかに単純かもしれないけど、タチ悪いね。享楽《きょうらく》主義者ってやつ？」
《難しい言葉はわからないよ！》
「単純でバカなのか……ちょっと親近感がわいてきちゃった」
私もわりと単純で、バカなのも自覚済み。オフィを怒れないのも、こうして話していて楽しいのも、私たちが似た者同士だからだったんだろうか。
《サクラとボクらはちょっと似てるよ。だからボクらはキミのことが好きなんだ！》
「うわ～、基準そこなんだ。複雑だなぁ……」
それなら、こちらに召喚された異世界人はみんな同じような性格なんだろうか。そう考えると少し微妙な気持ちになる。自分の性格は嫌いじゃないし、むしろ気に入っているけれど、もっとちゃんとした人を選んだほうがいいような気がする。
《サクラ、フルーオーフィシディエンは本気だよ》
オフィは少し、ほんのちょっぴり、真面目な声で言った。
「本気で、そういうことがしたいの？」
《ボクらは遊びにも本気だからね。フルーオーフィシディエンだってそうだよ》

「精霊は一回みんな、人格矯正《きょうせい》したほうがいいと思う」
《ムダだよ。だってボクらは何にも縛《しば》られない。どこを吹《ふ》く風より、どこを飛ぶ鳥より、何を想《おも》うニンゲンより自由だもの！》
きっぱりと言いきるオフィに、私は大げさにため息をつく。憎《にく》めない。憎めないけれど、ちょっと相手をするのに疲《つか》れたりもする。
私と似ているのはたしかに否定できない。でも、精霊は私よりもずっとハチャメチャだと思う。
「……どうすればいいの？」
あの媚薬効果は、どう考えても日常生活に支障をきたす。男性ばかりの砦《とりで》で、隊長さん以外の人の前でも同じ反応をしてしまうとしたら、さすがの私でも怖い。
《フルーオーフィシディエンの望むことをすればいいんだよ》
「簡単に言ってくれやがりますね」
《サクラは好きな人がいるんでしょ？　フルーオーフィシディエンがそう言ってる》
オフィは、きょとん、という顔をする。
「私のほうが好きでもね、相手にも好かれなくちゃいけないいんだよ」
《キミなら大丈夫だよ。だってボクらの護《まも》り人だもの！》
自信満々にオフィは言う。あまりにもはっきりとした言い方だったものだから、単純な私は少しだけ、そうかな、なんて自惚《うぬぼ》れたくなった。

《キミはこの世界に好かれてる。キミは愛に恵《めぐ》まれているんだ》

オフィの声が空間に響《ひび》く。ゆらんゆらんと空間が揺《ゆ》れる。それはなんだかゆりかごみたいに、私を寝かしつけようとしているように思えた。

オパール色の世界に包まれながら、私は目を閉じた。

次に目を覚ましたとき、外は真っ暗だった。

時計を見ればもうとっくに夜で、不測の事態とはいえ、仕事を放り出してどれだけ寝ていたのかと落ち込みたくなった。

幸いというかなんというか、媚薬効果はもう切れていた。またいつあの状態になるかわからないのは怖いけれど、ひとまずほっとした。

体調不良ということで特別に、私の分の夕ご飯もここに運んでもらっていた。そう手配してくれたのはもちろん隊長さんだ。仕事を休むという連絡《れんらく》もきちんとしてくれたらしい。

ご飯を食べながら、私は隊長さんに、オフィに聞いたことを全部説明した。身体の変調が私の中にいる精霊の仕業《しわざ》だったことも、精霊がそういう行為《こうい》を望んでいることも、解決するためにはそれをしないといけないことも。

隊長さんは話を聞きながら、だんだんと怖い顔になっていった。どうやら精霊に対して怒《いか》りを覚えているようだ。

私の代わりに怒ってくれる隊長さんを見て、やっぱり好きだなぁと思った。

「ということで、抱いてください」

全部話し終わって、ついでにご飯も食べ終わってから、私はダメ元で隊長さんにお願いしてみた。

当然というか、隊長さんはさらに顔を険しくさせた。

「何が、ということで、だ。そんなもの聞けるわけがないだろう」

だと思った。真面目な隊長さんが簡単に頷いてくれるわけがないと、もちろん私だって理解していた。それでも、私には引くに引けない事情がある。

「だって、ご機嫌取りしないとやばい気がするんです。いつストライキされるかわかったもんじゃないんですよ。そしたら言葉が通じなくなるかもしれないし、最悪、死んじゃうかもしれないんです」

精霊は気まぐれだと、隊長さんは言っていた。精霊は自由だと、オフィも言っていた。異世界から人を連れて来たり、気まぐれに姿を現したり加護を与《あた》えたり。それならきっと、手を引くときもあっという間だ。

「それは……さすがにないと思うが」

「わかんないじゃないですか！　隊長さんが抱いてくれればお互《たが》いスッキリです！」

　私はテーブルに身を乗り出す。隊長さんだって私に触れたくなると言っていたんだから、損はしないはずだ。考えようによっては一挙両得とも言える。

「はいそうですか、と言うとでも？」

　う、と私は声を詰まらせる。そこで誘惑《ゆうわく》に負けないところが隊長さんらしいと思う。きっと私は、そういう面も含めて隊長さんのことが好きなんだろう。ただ、今回ばかりは持ち前の生真面目さを発揮《はっき》しないでほしかった。

　このままだと隊長さんはまた、半径一メートルのバリアを張るだろう。距離を置いて、遠ざけられる。……私が、諦めるまで。

「隊長さ～ん……。どうしてそんなに頭が固いんですか」

「なんと言われようが、了承《りょうしょう》するつもりはない」

　隊長さんはとりつく島もない。どうあっても私を抱いてくれるつもりはないらしい。まさに八方塞《はっぽうふさ》がりだ。

　私も、我ながら無茶苦茶なことを言っているとは思う。隊長さんが言うことを聞かなければならない義務なんてどこにもない。わかっていても、何もしないではいられない。身体を勝手にいじられた事実が不安を掻《か》き立《た》てる。対策を取らなければ、今度はもっと恐《おそ》ろしい目に遭《あ》うかもしれない、と。

「こうなったら最終手段です。誰か……あ、そうだ、小隊長さんのところに行ってきます」

そう言い残して、私は隊長さんの部屋から出て行こうとした。おあつらえ向きに今は夜だし、ちょうどいい。小隊長さんはハニーナちゃんのことが好きだけれど、あの人は隊長さんとは違って据《す》え膳《ぜん》はいただく派だろう。

「待て。何をしに行くつもりだ」

扉にたどり着く前に、隊長さんに手首を掴まれて引き止められる。その力は思ったよりも強くて、絶対に振り払えそうにない。

「もちろん抱いてもらいに」

「却下《きやつか》だ」

「隊長さんにそんな権限はありません！」

反射的に私は声を荒《あら》らげた。勝手なことを言う隊長さんに、怒っているのは本当だ。でも、すぐに止めてくれたことに、ほっとしてしまう自分がいるのも事実だった。

「……頼《たの》む」

権利がないことなんて、隊長さんが一番わかっているんだろう。私を映す隊長さんの瞳は、どこか縋《すが》るような色をしていた。離さない、と言わんばかりに、隊長さんの手に力がこもる。

すごく、泣きたかった。でも、ここで泣くのは卑怯《ひきょう》だと思ったから、必死で我慢した。

それでも、隊長さんを責める口は止められなかった。

「わ、私だって、本当は嫌。隊長さんがいい。隊長さん以外となんて、考えたくないです。でも、このままじゃ私、どうなっちゃうかわからないです」

たぶん、隊長さんを好きになる前なら、他の人でも平気だった。生きていくためならしょうがない、と思えた。フルーは、私はどうしたってこの世界ではアウェイで、誰かの助けがないと生きていけない。私の生活を内側から支えてくれている。

「隊長さん以外なら、誰だって一緒なんです。だから、頼みに行こうとしたのに、あれもダメこれもダメって、私、どうすればいいんですか」

私に貴族の苦しみがわからないように、隊長さんにも私の気持ちはわからない。

隊長さんは優しい。だからきっと私を見捨てないでいてくれる。そう信じさせてくれる隊長さんが好きだ。でも、精霊は気まぐれで、いつ見捨てられるかわからない。そうしたら私は、どうやってこの世界で生きていけばいいんだろう。

「……泣くな」

「泣いてません」

目は潤《うる》んでいるかもしれないけれど、ギリギリのところで耐《た》えている。これは、泣いてないとカウントしてほしい。

「泣かないでくれ」

ふわりと、ガラス細工を覆《おお》う綿のように丁重《ていちょう》に抱きしめられた。驚いて目を瞬《またた》かせると、一粒《つぶ》涙がこぼれてしまった。

触れられて、隊長さんの匂《にお》いに包まれると、どうしようもなく思い知る。

口では色々言ったところで、私はやっぱり隊長さんのことが好きで、隊長さん以外に抱かれるのは無理なんだということを。

隊長さんは、本当に、ずるい。

「精霊の客人が、精霊の気まぐれで命を落としたという話は聞いたことがない。安心しろ」

「じゃあ、言葉のほうは？」

「それは……調べてみなければわからないが」

今はまだわからないんじゃないですか。

文句を言う代わりに、トンッと隊長さんの胸に額をぶつけた。こんなときなのに、全身を包むぬくもりに安心している自分がいる。

「私の身体、そんなに嫌ですか？　二度と抱きたくないくらい」

「そんなわけがない。……わかっていて聞いているだろう」

ため息と共に低い声が問う。うん、触れたくなるって言葉は忘れていません。

「じゃあ、いいじゃないですか。据え膳食わぬは男の恥《はじ》、ですよ」

女のほうから「抱いてください」なんて、据え膳も据え膳だと思うんだけれど。ああでも、隊長さんはけっこうモテるみたいだから、そんなに珍《めずら》しいことでもないんだろうか。

一番最初の夜の誤解も、前にも同じことがあったからだったんだろう。

「お前が……」

隊長さんの灰色の瞳が、切なげに細められる。

「お前の心が、俺にないのなら。身体だけつながっても虚《むな》しいだけなんだ」

その声にはとても切実な響きがあった。私のほうが悪いことをしている気になるくらい。

「私の好きだって気持ちを信じないのは、隊長さんです」

広い背中に、腕を回す。肌から熱が伝わるように、この想いも一緒に伝わればいいのに。

私は隊長さんが好きなんだと。すごくすごく、誰よりも好きなんだと。隊長さんが疑う気もなくなるくらい、全部伝わってしまえばいいのに。

「お前の態度が信じさせてくれないからだろう」

「どうすれば信じてくれるんですか？」

私は隊長さんを見上げたまま問いかける。

教えてくれたら、どんなことだってしようと思った。

何度告白しても隊長さんは信じてくれない。態度、と言われたって、私はこれ以上ないくらいはっきり伝えてるつもりだ。

「……あまり、困らせるな」

隊長さんは視線をそらして、そう呟《つぶや》く。

そんなことを言われても、困っているのは私のほうだ。

隊長さんが好きで、ちゃんと言葉にしているのに、本人には信じてもらえない。そんな微妙なときに、自分の中にいる精霊は勝手な真似《まね》をする。泣《な》きっ面《つら》に蜂《はち》とはこのことだ。

もう、どうしたらいいのか、私には何もわからなかった。

6 隊長さん、大好きです！

隊長さんの私室からほど近い、小隊長さんの部屋。そこが、即席恋愛相談室《そくせきれんあいそうだんしつ》だ。

小隊長さんは「聞くだけ聞いてあげるよ」といった調子だったけれど、最初は聞いてくれる気もなかったところを押《お》し通《とお》した手前、わがままは言えない。

「隊長さんが私の気持ちを信じてくれません」

出してもらったお茶を、ドンッとテーブルに置きながら私は言った。

小隊長さんは応接用のソファーではなく、数メートル離《はな》れた窓際《まどぎわ》のオシャレな椅子《いす》に座《すわ》って、ペラペラと書類を見ている。本当に聞くだけという感じだけれど、追い出されなかっただけ御《おん》の字《じ》だ。

「はいはい、ごちそうさま」

「ごちそうさまなんて言うような話じゃないんですってば」

「うん、至極《しごく》どーでもいい」

本当の本当にどうでもよさそうに言われて、私はムッとする。たしかに小隊長さんには興味のない話だろうし、私の相談に乗る義理だってないけれど。

「小隊長さんだけが頼《たよ》りなんですよ！」

「恋《こい》バナは普通《ふつう》女の子同士でするもんじゃない？」

「私は男心が知りたいんです！　どうやったら隊長さんが信じてくれるのか！」

人に頼《たの》む態度じゃないのはわかっているけれど、それだけ私は切羽詰《せっぱつ》まっていた。私の本気具合を感じ取ったのか、小隊長さんはわざとらしくため息をこぼした。

「たいちょー、ちゃんと手綱《たづな》握《にぎ》っといてくださいよ」

「なんですかそれ、人を馬みたいに」

「上に乗られるのは一緒《いっしょ》だね」

「それでうまいこと言ったつもりですか……っ！」

「とか言いつつ声が震《ふる》えてるし。笑うなら笑えばいいのに」

く、悔《くや》しい……！　これが笑点《しょうてん》なら座布団《ざぶとん》三枚差し上げたいところだ。下品なのに小隊長さんが言うと許せてしまうのは、イケメンだからか、そうなのか。

「じゃ、じゃなくてですね。本題に戻《もど》りますよ！」

「しょうがないなぁ」

危なかった、小隊長さんにうやむやにされるところだった。コホン、と咳払《せきばら》いを一つ。

「私、本当に隊長さんのこと好きなんですよ。触《さわ》りたいしキスしたいし抱《だ》いてほしいし。これが恋愛感情じゃなかったら、私ただの変態じゃないですか！」

「それは間違《まちが》ってないような気もするけど」

「誰《だれ》でもいいわけじゃないです。私は、隊長さんじゃなきゃ嫌《いや》なんです」

この人と一緒にいたい、この人が欲《ほ》しい、この人を独《ひと》り占《じ》めしたい、特別な〝好き〟。

少なくとも私の知る恋愛感情はそういうものだ。私が隊長さんを想《おも》う気持ちも。

「うわー、ここまで言われてて我慢《がまん》できるなんて、さすが隊長。並の忍耐力《にんたいりょく》じゃないな」

「茶化さないでください」

どこか感心したように呟《つぶや》かれた小隊長さんの言葉に、私は口を尖《とが》らせる。不真面目《ふまじめ》さは小隊長さんの個性だけれど、誰だって自分の話はちゃんと聞いてもらいたいものだ。

「オレから見たらイチャコラしてるようにしか見えないし、ちょっとくらい茶化させてよ」

小隊長さんの目は節穴だろうか。あの隊長さん相手にイチャコラなんて無理がある。いや、できるというならしてみたいけれど。

「まあ、愛人ちゃんも悪いとは思うよ。君には恥《は》じらいってものが足りない」

やれやれといった様子で小隊長さんは立ち上がった。手に持っていた書類を椅子に置いて、こっちに近づいてくる。やっと身を入れて相談に乗ってくれる気になったんだろうか。

「好きなものを好きって言って何が悪いんですか」

「そういうとこ、精霊《せいれい》に通じるものがあるから彼《かれ》らに好まれるのかもね」

小隊長さんは苦笑《くしょう》しながら私の向かい側に腰掛《こしか》ける。そういえばそんなことをオフィが言っていた気がする。よくわかったな、小隊長さん。

「あのね、言葉だけじゃダメなんだ。人は基本的に、視覚的な情報が一番強い。隊長は君の態度を、君の表情を見て、君がどう思っているのかを判断してる」

小隊長さんはできの悪い生徒を教え諭《さと》すように、ゆっくりと語った。

「その判断が間違ってる可能性だってあるじゃないですか」

「それはもちろん。でも、結局のところ一番信じられるのって自分の目じゃない？」

たしかに、小隊長さんの言う通りだ。元の世界では、見たことがなかったから幽霊《ゆうれい》なんて信じていなかった。こっちの世界では、すぐにオフィに会ったから、精霊の存在を信じられた。私だって、判断基準は私に一任されている。自分の信じるもの、信じないもの。全部、私自身が決めている。

だったら、隊長さんが私を信じないのもわかる気がする。隊長さんの前で、信頼《しんらい》に足る言動をしていたかというと……正直、全然自信がない。

特にファーストコンタクトがよろしくなかった。誤解して抱いたことを謝《あやま》る隊長さんに、気持ちよかったから気にしないでと言ったり、その夜に抱かないのかと聞いたり、もう抱かないと言われて「残念」なんてこぼしてしまったりもした。

どれも本心だったし、今さら取り消せるわけがないこともわかってはいるけれど、もう少し言いようがあったように思う。信じてもらえないのも当たり前だ。

「……どうしたら、好きって態度になるんでしょう」

隊長さんの言葉を総合すると、私が隊長さんのことを好きじゃないから抱かない、というふうに聞こえた。なら、私の気持ちさえ信じてもらえれば抱いてくれるかもしれない。

「言ったじゃん、君に足りないのは恥じらいだって。抱いてほしいなんて恥じらいもなく言われたら、オレなら萎《な》えるなぁ」

「恥じらい……よし、がんばります！」

小隊長さんの意見に私は握りこぶしを作る。私に足りないもの、それは恥じらい。信じてもらうためには、恥じらいを持って隊長さんに接すればいい。間違っても、抱いてくださいなんてはっきり言ってはいけない。

「ありがとうございました、小隊長さん。すごく参考になりました！」

私は立ち上がって、小隊長さんに頭を下げる。それから足早に小隊長さんの部屋から出て行った。小隊長さんの助言を活《い》かすために、ちゃんと作戦を立てる必要がある。

そう思って、さっさと小隊長さんの部屋から去った私は、

「ありゃ、また間違った方向に突《つ》き進《すす》んでないかな、愛人ちゃん。ま、面白《おもしろ》いからいっか」

そんなことを小隊長さんが口にしていたなんて、知りもしなかったのです。

なぜかはわからないが、俺《おれ》は今、サクラに避《さ》けられているらしい。

まず、彼女《かのじょ》が俺の部屋に来ることがなくなった。すれ違《ちが》ってもそそくさと去ってしまって、挨拶《あいさつ》どころか目も合わせようとしない。そのくせ遠くから視線を感じることがある。何がしたいのかまったくわからない。

必要以上に近づかれると困るくせに、寄ってこないとなると気になってくる。以前彼女を避けていたことへの意趣返《いしゅがえ》しかとも思ったが、こんなやり方は彼女らしくない。ミルトは何か知っているようだが、面白いからなどと言って教えてはくれなかった。

揺《ゆ》らぎそうな自分を自覚していたから、挨拶のような告白がなくなったのは正直なところ助かる。けれど、残念な気持ちもわき上がってくる矛盾《むじゅん》に、俺はため息を噛《か》み殺《ころ》した。

彼女のほうから距離《きょり》を置くということは、もう冗談《じょうだん》を続ける気はないのだろう。最初から彼女が本気ではないことはわかっていたはずだ。それでも少し、期待してしまっていた自分もいたようだ。

酒に酔《よ》ったサクラと口づけを交《か》わした、あの夜。気づかぬふりはできないほどに、胸を焦《こ》がす想いの名を突きつけられた。間違いを犯《おか》してしまわぬよう距離を置こうとした俺を、追いかけてきたのは彼女のほうだというのに。ずるいのはどちらだ、と言いたくなった。

「やっほー、第五の隊長さん。元気にしてた？」

昼休憩《きゅうけい》間近、執務室《しつむしつ》にやってきたのは、小柄《こがら》な隠密《おんみつ》部隊隊員レット・スピナーだった。

気づくと思考を占領《せんりょう》しているサクラを、どうにか頭の片隅《かたすみ》に追いやる。今は仕事中だ。

「十日ほどしかここを離れていなかっただろう」

「その十日の間に病気にかかっちゃうことだってあるでしょ。体調確認《かくにん》は大切だよ」

「特に問題はない」

「それはよかった。隊長さんに何かあったらここは総崩《そうくず》れだからね」

「そんなやわな鍛《きた》え方をしたつもりはない」

「じょーだんだよ、じょーだん。まったく第五の隊長さんは頭がかったいなぁ」

にひゃにひゃとレットは笑う。俺は吐《は》きそうになったため息を飲《の》み込《こ》む。彼のペースに乗せられていては話が一向に進まない。トン、と人差し指で執務机を叩《たた》いた。

「無駄話《むだばなし》はいい。どうだった？」

王都との連絡《れんらく》を担《にな》っているレットには、そのついでに精霊の客人に関する書物を探してもらっていた。何しろ最後にこの国に精霊の客人が現れたのは百年以上も昔のことだ。実在していたことは知っていても、サクラが来るまではおとぎ話とそう変わらない感覚でいた。今の自分が持っている知識が正しいとも限らない。サクラのために少しでも情報を集める必要があった。

「とりあえず、これが追加の本。前回のより詳《くわ》しく載《の》ってると思うよ」

「中に目は通したか」

「さらっとは。丸暗記まではできてないよ」

レットが『さらっと』と言うなら、大体の情報は記憶《きおく》していると思っていいだろう。

「そこまでは必要ない。先にいくつか確認したいことがある」

「ほいほい、どーぞ」

楽な体勢を取り、どこからでもかかってこいとばかりにレットは笑う。聞きたいことはいくらでもあるが、一番に確認しなければいけないことは決まっていた。あの、今にも泣き出しそうなサクラの表情が、まぶたに焼きついて離れない。

「精霊の客人が、精霊に見放された例というのは存在するか」

「ないね。精霊ってのは気まぐれだけど、誓《ちか》いは守る生き物だよ。精霊が客人を招くとき、一方的にだけど誓いを交わしてる。連れてくる代わりに絶対守ります、っていう誓いをね」

精霊は、世界の始まりから存在していたと言われているのに、軍の研究機関である魔《ま》術《じゅつ》師団でも全貌《ぜんぼう》を解明できていない。気まぐれな性質ばかりを耳にするから不安だったが、彼らにも彼らなりのルールがあるなら、まだ安心できる。

「そもそも精霊は気に入った人間を連れてくるんだから、見放すわけがないよ。大事なおもちゃを手放したりしないって」

「……精霊は、ずいぶんと勝手だな」

「うん、でも彼らがこの世界を支えてる。彼らがいないとこの世界は回らない。見える人がいる分、神様なんかよりよっぽど信用できるしね」

「厄介《やっかい》な存在だな。彼らにどれだけの人間が振《ふ》り回《まわ》されているのか」

「第五の隊長さんもその一人だって？」

訳知り顔のレットに、俺はしばし沈黙《ちんもく》する。精霊の姿を見ることのできる者を、精霊の愛《めぐ》み人《びと》と呼ぶ。もし俺が精霊の愛み人だったなら、今とはまったく違う生活を送っていたはずだ。けれど――サクラがまだ俺の部屋にいたときの言葉を思い出す。

『隊長さんは穢《けが》れてなんていません』

闇色《やみいろ》の瞳《ひとみ》が俺を見据え、真っ向から否定した。俺の自虐《じぎゃく》を、十年以上も前の従弟《いとこ》の言葉を。『せいぜいその身を血で穢せばいい』と、軍人になると決めた時に従弟に嘲笑《あざわら》われた過去が、心のどこかに淀《よど》みを作っていたのだと、サクラの言葉で初めて気づいた。

『隊長さんはみんなを守るために自分にできることをしてるだけです。そんな隊長さんが穢れてるなんて、ありえません！　隊長さんはきれいです』

サクラは、自嘲《じちょう》の言葉をこぼした俺自身にすら怒《おこ》っていた。何も知らない彼女に、一番欲しかった言葉をもらってしまったような気がした。その後に続いた気の抜《ぬ》ける発言すら、彼女らしいと笑えるほどに、俺は彼女に救われたのだ。

今にして思えば、きっと俺はあの時から、サクラに惹《ひ》かれ始めていたのだろう。

「俺は現状に満足している」

もし、と考えたことがないとは言えない。しかし、今はそう自信を持って告げることができる。それは少なからず、サクラのおかげでもあるだろう。

「……精霊の加護が失われることがないのなら、よかった。彼女も安心するだろう」

「あー、それに関しては、ちょっとびみょーな記述もあってね」

「どういうことだ」

不穏《ふおん》な気配を感じ、俺は眉《まゆ》をひそめた。レットは書物の内容を思い出すように首を捻《ひね》る。

「精霊は、誓いは守る。でも、やっぱり気まぐれだから、一時的に力を貸し渋《しぶ》ることなんかはあったみたいなんだよねぇ」

「つまり……言葉が通じなくなることは、ありえると？」

「うん、実際そういう例もあったみたいだよ。精霊は思念で交流するから、人間にとってそれがどれだけ大事なものか、わからないんだろうねぇ」

レットはへらりと笑いながら軽い調子で話すが、内容はとても笑えたものではなかった。ただの気まぐれで、意思の疎通《そつう》の手段を奪《うば》われるなどと。それでなくとも、違う世界に一人連れてこられ、誰も知る人のない環境《かんきょう》に置かれているというのに。

「それは、あまりにも……」

サクラは、精霊も誰も恨《うら》むことなく、この世界のことを知るたび楽しそうに受け入れ、笑顔《えがお》を絶やすことなく日々を暮らしている。その裏にどれほどの葛藤《かっとう》があるだろう。どれほどの恐怖《きょうふ》を隠《かく》しているだろう。そんな彼女の唯一《ゆいいつ》絶対の味方であるはずの精霊が、裏切る可能性もあるなど、サクラが哀《あわ》れでならない。

「ふふっ、ふふふふ」

「……何を笑っている」

愉快《ゆかい》だと言わんばかりの笑い声に神経を逆撫《さかな》でされる。普段《ふだん》からあまり真面目ではないレットの態度に思うところはあったが、これほど癇《かん》に障《さわ》ったことはない。

「や、第五の隊長さんは、ほんとーにサクラ・ミナカミが好きなんだなぁってね」

レットの唐突《とうとつ》すぎる指摘《してき》に、ぐ、と声が詰まった。

今さら気持ちを隠そうとは思わないが、臆面《おくめん》もなく言われて素直《すなお》に肯定《こうてい》できるものでもない。沈黙を答えとするしかなかった。

「否定しないんだー。そうだよね、できないよね、バレバレだもんね！　いいねいいね、いいと思うよ。頭のかったい隊長さんには、あれっくらい予想のつかない子のほうが逆にバランス取れてるよ！　あの子と一緒になれば、第五の隊長さんもいい感じに肩《かた》の力……

ううん、眉間《みけん》の力が抜けるんじゃないかな～」

レットの口は止まることを知らず、身体《からだ》まで揺らして心底楽しげだ。彼の勢いについていけず、眉間の力が抜けるどころかさらに皺《しわ》が深まった。

「あ～あ、精霊の客人さんが部屋に来て、第五の隊長さんが執務室で寝た夜、いったい何があったんだろうなぁ。気になるなぁ」

「お前には関係のないことだ」

はぁ、と思わずため息がこぼれた。本当に隠密部隊には隠しごとができない。そうでなくては監視《かんし》の役割を果たせないのだから、仕方ないことではあるが。あの夜に起きたことだけは、彼に知られるわけにはいかない。

「ま、いっか。今でもじゅーぶん面白いし。じゃあぼくは……」

にやにやと笑っていたレットが、急に訝《いぶか》しげな表情になって扉《とびら》の方向を振り返る。つられてそちらに目をやると、すぐにそれは聞こえてきた。慌《あわ》ただしい足音が。

「――っ！」

バンッと音を立てて開かれた扉の向こうにいたのは、サクラだった。

その口から発せられた叫《さけ》び声《ごえ》に、恐《おそ》れていたことが起きてしまったのだと、悟《さと》った。

意味がわからなかった。どうして私がこんな目に遭《あ》わなければいけないんだと抗議《こうぎ》したくなった。でも、そんな元気も今はなかった。

ただただ、怖《こわ》くて。この世界すべてが自分の敵になったかのようで、絶望した。

いったい、何がきっかけだったんだろうか。

一週間近く前、小隊長さんのアドバイスを参考にして、私は作戦を決行した。題して『キャッ！　目が合っちゃった、恥ずかしい！』作戦。

目が合うだけでも大事件の、内気で恥ずかしがり屋の乙女《おとめ》の行動パターンを真似《まね》てみよう、というものだ。自分からは近づかないし声もかけない、もちろん触ったりするわけない。小隊長さんに言われた恥じらいというものを、私なりに考えたすえの作戦だった。

初めのうちはちょっと楽しくて、でもわりとすぐに隊長さんと会えないことが嫌になった。見ているだけなんて全然物足りない。会って、話して、一緒の時間を過ごしたい。一度そう思ってしまえば、あとは不満ばかりが溜《た》まっていく。

うるおいの足りない日々で、エルミアさんには怪訝《けげん》そうにされ、ハニーナちゃんには心配された。小隊長さんには「また変なことやってるね」なんて言われた。

そもそも、隊長さんに会わずに信じてもらおうなんて、おかしいんじゃないか。そう、私が作戦の本末転倒《ほんまつてんとう》っぷりに気づいたのが、今日。

急に、本当になんの前触《まえぶ》れもなく、世界から言葉が消えた。


もう少しでお昼休み、という時間帯。私は、エルミアさんとハニーナちゃんと一緒に、中央棟《ちゅうおうとう》二階の広いバルコニーでシーツを干していた。

そろそろ六月になるけれど、この国に梅雨《つゆ》はあるんだろうかなどとぼんやり考えながら、シーツの皺を丁寧《ていねい》に伸《の》ばす。

快晴の空を見上げつつ、ンーッと伸びをしたところで、バルコニーに出る窓から小隊長さんがこちらに向かってきていることに気づいた。

「あれ、小隊長さん？　どうしたんですか、ハニーナちゃんをからかいに来たんなら職務妨害《ぼうがい》ですからね！」

ハニーナちゃんを庇《かば》って前に出ると、小隊長さんは一瞬《いっしゅん》、ぽかんとなんとも間抜《まぬ》けな顔を晒《さら》した。それからハッと急に真面目な顔になって、口を開く。その口から、出たのは。

――聞いたこともない、音の羅列《られつ》だった。

「え、ちょっと、ま、待ってください……そんな……」

いきなりのことに混乱しながら、エルミアさんとハニーナちゃんを振り返る。二人も不思議そうに、どこか心配そうに私の顔を見て、その口を動かす。けれど、やっぱりその言葉は聞き取れない。

　ああそうか、とようやく気づく。

　精霊の力が……加護が、切れてしまったのだと。

　これ以上、知らない音を聞いていたくなくて、私はその場から逃《に》げ出《だ》した。

「隊長さん！　隊長さんっ!!」

　叫びながら廊下《ろうか》を走る。こわい、こわい、こわい。それだけが頭を回る。作戦のことなんてとっくに消え去っていた。

　最初は何も考えずに私室に向かって、それからこの時間にいるわけがないと執務室に方向転換《てんかん》する。すれ違う人たちが発する音に怯《おび》えながら、もつれる足を前に出す。

　走って、がむしゃらに走って。隊長さんに会いたくて息が切れても走った。困ったときに頼れる人は、隊長さんしか知らなかった。会ったところで何も解決しないと、頭の片隅では理解している。でも、そんなの関係なく、心が求めていた。

「隊長さんっ！」

　力任せに扉を開けば、隊長さんが目を見張って、それから。

「――――？」

　聞き慣れた声で、言葉として捉えられない音を、紡《つむ》いだ。

ショックが大きすぎて、私はその場に膝《ひざ》をつく。足が震えているのか、全身が震えているのかも自分ではわからない。絶望が足元から這《は》い上《あ》がってくるようだ。

隊長さんが駆《か》け寄《よ》ってくる。口をぱくぱくとさせて、聞き取れない音を吐きながら。

「っ……や、やだ……」

もう、限界だった。ぼろぼろと、後から後から涙《なみだ》がこぼれ落ちていく。

言葉が通じないことが、こんなに恐ろしいなんて知らなかった。相手の言葉が理解できない。相手が何を伝えようとしているのか、何を思っているのか、何もわからない。私の言葉を理解してくれる人も、どこにもいない。

……私は、一人ぼっちだ。

もう何も聞きたくなくて、何も見たくなくて、私は耳を塞《ふさ》いで目をぎゅっと閉じる。まるで嵐《あらし》が去るのを待つように、身体を縮こまらせて。そうして自分の心を守ろうとした。そうしなければ、壊《こわ》れてしまいそうだった。

「──クラ」

聞きたくないのに、鼓膜《こまく》を揺らす隊長さんの声。それが、意味のある言葉のように聞こえて、私は思わず顔を上げる。青みがかった灰色の瞳は、まっすぐ、私を映していた。

「サクラ」

隊長さんの低い声が、私の名前を呼んだ。独特のイントネーションだけれど、ちゃんと

聞き取れた。言葉として理解できるという、たったそれだけのことがうれしくて、恐怖がスーッと引いていく。今度は安堵《あんど》から涙が止まらなくなった。

求める心のままに手を伸ばす。私を覗《のぞ》き込《こ》んでいた隊長さんに、倒《たお》れるように飛びつく。隊長さんは驚《おどろ》いたみたいだったけれど、ちゃんと私を抱き止めてくれた。

ぽんぽん、と優《やさ》しく背中が叩かれる。サクラ、と私を呼ぶ声が耳をくすぐる。

「たいちょーさん……」

すごくほっとして、全身から力が抜けていく。それでも隊長さんからは離れたくなくて、背中に回した手で、ぎゅうっと強く服を握った。

「サクラ。サクラ」

私の名前だけを、何度も連呼する隊長さん。落ち着いた低い声が耳に優しい。まるでベッドの中で睦言《むつごと》を囁《ささや》かれているみたいで、ふわふわとした気持ちになる。

だんだんとまぶたが重たくなっていく。驚いたり恐怖したり安心したり、感情の振り幅が激しすぎて疲《つか》れてしまったのかもしれない。

身も心も包《つつ》み込《こ》んでくれるたしかなぬくもり。大丈夫《だいじょうぶ》、ここは安全地帯だ。

私はそのまま眠《ねむ》りに落ちていった。

目の前に広がるオパール色の空間。ああ、これは夢だ。私はすぐに理解した。

《サクラ、フルーオーフィシディエンが泣いているよ》

オフィの、いつもと違って元気のない声に、私は振り向く。少し高い位置を飛んでいたオフィに手を伸ばすと、ちょこんと私の両手の上に座り込んだ。

「泣きたいのは私のほうなんですが」

《うん、そうだね。ごめん、ごめん、ってフルーオーフィシディエンは言ってる。泣きながら、たくさんたくさん謝ってる》

そうか、一応反省はしているのか。私の一部になったフルーは、きっと私と一緒に悲しんで、苦しんだだろう。それ自体がフルーのせいなのだけれど、不思議と怒る気にはなれなかった。

「……どうして、フルーはこんなことをしたの？」

私は怒る代わりに質問した。怖い思いをすることになった理由を知りたかった。

《キミが感じたものを中の子も同じように感じるって、言ったでしょ。彼に会いたいっていうキミの思いを、フルーオーフィシディエンも味わっていたんだよ》

なるほど、それはつらかっただろう。隊長さんと会わないと決めてから、私はずっと欲求不満だったから。誰かと一緒にいても、隊長さんは今頃何をしてるのかと気になってしまうことが多かった。そういう気持ちを全部、フルーも感じていたんだろう。
《だから、どうすればキミが彼に会いに行くかフルーオーフィシディエンは考えた。その結果がアレ。キミが一番に頼るのは彼だってわかっていたんだね》
でもって、私は思惑《おもわく》通りに動いてしまったのか。少し悔しいけれど、当然だろうと納得《なっとく》もする。フルーには、私の気持ちが全部、筒抜《つつぬ》けなんだもの。
《そのせいでキミの不安や恐怖まで感じることになっちゃったけど、それは自業自得《じごうじとく》ってヤツだね》
かわいらしい外見に似合わず、オフィは辛辣《しんらつ》なことを言う。でも、それに関しては私も同情するつもりはない。媚薬《びやく》効果の次はストライキだなんて、さすがに勝手すぎる。本当に、本っ当に怖かったんだから。
「これからはちゃんとサボらず仕事してくれますかね」
《大丈夫じゃないかな。たぶん、こりたでしょ》
オフィはにっこりと笑った。小隊長さんとは違う意味で、精霊も笑顔が標準装備だ。
「フルーに言いたいことがあるんだけど」
《普通に話せばいいよ。夢でも現実でも、フルーオーフィシディエンには全部聞こえてる》

なるほど、と私はなんとなく目を閉じる。私の中にいるというフルーの存在を感じることはない。聞こえるのは自分の鼓動《こどう》だけ。夢の中でくらい、話せればいいのに。

「ねえフルー、聞こえてる？」

私は自分の内側に向かって声をかけた。当然返事はないけれど、私は続ける。

「見捨てないでよ、フルーオーフィシディエン。あなたが頼りなんだから」

異世界トリップする直前の笑い声を思い出しながら、優しく語りかけた。フルーと私はもう一心同体。どうせ長い付き合いになるんだから、仲良く上手に付き合っていきたい。

《見捨てないよ、ごめんね、大好き。だってさ》

オフィの伝えてくれた言葉は、とても単純で、子どもみたいに拙《つたな》くて。姿は見えなくても、少しだけフルーという精霊を垣間《かいま》見《み》られたような気がした。

「これからも、よろしくね」

ぽん、ぽん、と自分の胸を叩きながら告げた。

もうオフィは通訳してくれなかったけれど、きっと了承《りょうしょう》してくれたことと信じたい。


最初に感じたのは、自分を優しく包み込むぬくもりだった。

柔《やわ》らかくて気持ちいいものと、硬《かた》くて温かいものに囲まれている。日向《ひなた》ぼっこをしているときのような心地《ここち》よさだ。絹のおくるみに包まれた赤ちゃんはこんな気分なんだろうか。目の前の硬いものに額を押しつけてみる。ぬくい……起きたくない……。

「サクラ？」

頭の上から聞こえた低い声に、ぱちり、と私は反射的に目を開けた。見上げれば、そこには当然隊長さん。周りに目をやると、何度もお世話になっている隊長さんの寝室《しんしつ》だった。

「おはようございます、隊長さん」

思わずそう挨拶したものの、窓の外は夕焼け空だ。言葉がわからなくなったのは午前の仕事中だったから、長い時間寝《ね》てしまっていたらしい。

「……通じるのか？」

「はい、もう大丈夫です」

私は安心させるように笑顔を向けた。

「……よかった」

はぁ、と隊長さんは安堵のため息をつく。たぶん、これからどうすればいいのか、色々と考えてくれていたんだろう。言葉が通じなければ、きっと今までと同じ生活はできなかったはずだ。これ以上迷惑《めいわく》をかけることにならなくてよかった。

「心配かけちゃいました？」

「あれだけ泣かれれば、心配もする」

「隊長さんは優しいですもんね」

心配してくれたことがうれしくて、思わずにこにこしてしまう。別に私じゃなくても、あんなことになったら隊長さんは心配するだろうけれど。そんな隊長さんの優しいところが、私は好きだから。

「気づいてると思いますけど、私の中の精霊の仕業でした。隊長さんのところに行かせたかったそうです」

私は色々と端折《はしょ》って説明した。詳しく話す必要はないだろう。精霊の仕業、ということさえわかってもらえればいいはずだ。

「傍迷惑《はためいわく》なものだな、精霊というのは」

「好き勝手してるだけですよ。それが迷惑といえば迷惑かもですが」

私だって文句の一つくらいは言いたかったから、フォローはしなかった。世界中の誰とも言葉が通じない恐怖なんて、もう二度と味わいたくない。異世界でこうして普通に話せていることがどれだけありがたいことなのか、改めて実感した。これだけは怪我《けが》の功名というやつかもしれない。ありがとう、フルー。だからこの調子でよろしく。

「ずっと、抱きしめていてくれたんですね」

気持ちが落ち着いてくると、やっと今の状況《じょうきょう》に意識が向く。

気を失ったのは隊長さんの執務室だったから、この部屋まで運んでくれたのは隊長さんだろう。でも、この体勢は一体なぜ？　温かいし、相手は隊長さんだし、別に文句は一つもないけれど。むしろごちそうさまという感じだ。

「……お前が放さなかったんだ」

「あはは、それはすみません。寝ていても欲求に忠実なんですね、私」

言われてみれば私はいまだに隊長さんの服を強く握っていた。中途半端《ちゅうとはんぱ》に肩のあたりを掴《つか》んでいるから、抱《かか》えた状態から下ろされるときにでも抵抗《ていこう》したんだろう。

隊長さんは放してほしいのか身じろぎしたけれど、もう少し、このぬくもりに包まれていたかった。

「お仕事、邪魔《じゃま》しちゃいましたよね。大丈夫でした？」

私が執務室に行ったとき、隊長さんは仕事中だったはずだ。今こうして一緒に寝ているというのは、許されることなんだろうか。

「構わない。精霊の客人の保護は最優先事項《じこう》だ」

「ずいぶんとお偉《えら》いさんなんですね、精霊の客人って」

分不相応な扱《あつか》いに、苦笑がもれる。私はなんの役にも立てていないのに。

「それに……」

と、隊長さんは小さく呟く。言おうか言うまいか、迷っているようだった。先を促《うなが》すように、私は隊長さんをじっと見つめる。

「……お前を、一人にしたくなかった」

どこまでも真摯《しんし》な、だけど少しの甘《あま》さを含《ふく》んだその言葉。ぽかん、と私はマヌケ顔を晒してしまった。

隊長さんが優しい。いや、隊長さんはいつでも誰にでも優しいけれど、そうではなくて。精霊の客人とか、最初の夜の負い目だとか関係なく。

まるで、愛《いと》しい人を慈《いつく》しむのは当然だと言っているように、聞こえた。

「隊長さんってもしかして、けっこう私のこと好きだったりします？」

うかつな私は、思ったままをぽろっとこぼしてしまった。口から出た言葉は元には戻らない。冗談です、と私がごまかすより前に、隊長さんは苦笑して答える。

「けっこう、では済まないほどにな」

冗談でも誇張《こちょう》でもないことは、真剣《しんけん》な瞳を見ればわかった。

無骨な手が、私の頬《ほお》を包み込むように触れてくる。労《いたわ》るように、癒《いや》すように。熱を、伝えるように。

「……本気で？」

「気づいていなかったのか？」

呆然《ぼうぜん》としながらもこくこくと頷《うなず》く。身体には興味を持ってもらえているようだし、どちらかといえば好かれているんだろう、くらいに思っていた。まさかそんな、そういった意味での〝好き〟だなんて。

「両思いだったんですね」

「お前が俺のことを好きになればな」

苦々しい笑《え》みに、私はムッとする。まだ信じてくれていなかったらしい。さすがに引っ張りすぎじゃないでしょうか。

「好きですよ、隊長さん」

「……いい加減、聞き飽《あ》きた」

聞き飽きただなんて、仮にも好きな相手に対して、それはどうなんだろうか。……まったく、強情《ごうじょう》なんだから。

「もう決めました。信じてもらえるまで、いくらだって言います」

そう宣言して、ぎゅっと隊長さんに抱きつく。隊長さんは私を引《ひ》き剝《は》がそうとするけれど、意地でも放してやるものか。

想いを伝えるには、言葉だけではきっと足りない。行動でも、小隊長さんが言っていたように態度でも、示していきたい。

恥じらいというのは、やっぱり私には難しいけれども。

「場所を考えろ。この場で襲《おそ》われても文句は言えないぞ」

「むしろ襲ってくれるなら話は早いんですが」

低くうなるような声が頭上から聞こえる。とてつもなく困っているのが伝わってくる。

それでも、放さない。そう簡単には諦《あきら》めてあげない。何しろ私は本気なんだから。

「隊長さんはどうしてそんなにかたくななんですか？」

抱きついたまま、私は顔を上げて隊長さんと目を合わせる。私の問いかけに、隊長さんはぐっと眉をひそめた。本人も自覚しているのかもしれない。

「私の言葉がそんなに信じられませんか？　そんなに私は信用がないんですか？」

小隊長さんの言っていた、私の態度が悪い、というのも一理あるとは思う。でも、隊長さんの口からちゃんと理由を聞いたことはなかった。

「出会いが出会いだ。それに……俺は、女に好かれるような男じゃない」

「隊長さん、モテるくせに」

「外見や立場的にはな」

ああ、そういうこと。つまり今まで隊長さんに寄ってきた女性は、見た目や権力に釣《つ》られた人たちばっかりだったのか。もしかして隊長さんは女運が悪いんだろうか？

「私は全部好きですよ。隊長さんの怖～い顔も、隊長としての責任をきちんと背負ってるところも。真面目なところも融通《ゆうずう》が利かないところも、優しいところも全部」

好きだ好きだと光線を浴びせかけるみたいに、じっと隊長さんの青みがかった灰色の瞳を見つめる。隊長さんは気まずげに目をそらして、それから私の肩を押して距離を取った。少し寂《さび》しかったけれど、今度は私も抵抗しなかった。

「そろそろ口説き落とされてくれませんかね」

ベッドから下りようとする隊長さんの背中に、そう声をかけた。ピクリと肩《かた》が跳《は》ねるのを、私は見逃《みのが》さなかった。隊長さんはベッドの端《はし》に腰かけたまま、動かない。

「……考えておく」

小さな声だった。それでも、たしかに聞こえた。

日本人の「善処《ぜんしょ》します」と同じニュアンスかもしれないけれど、誠実な隊長さんのことだからきちんと考えてくれるはずだ。

「絶対ですよ！」

私は念押しした。何かわかりやすい答えを貰《もら》ったわけではないけれど、確実に一歩は進むことができた。小さな一歩でも、大切な一歩だ。

期待しちゃっても、いいかな？

ルンルンルン。タッタッタッ。夜、隊長さんの部屋に向かう私の足取りは軽い。真っ白な封筒《ふうとう》片手に、ウキウキと小走りで廊下を進む。とってもいいことを思いついたから、早く実行したくて仕方なかった。

「よう、隊長の愛人ちゃん」

上機嫌《じょうきげん》な私に声をかけてきたのは、灰茶の短髪《たんぱつ》に深緑色の瞳の、隊長さんと同じくらい体格のいい男の人。あ、この人はたしか。

「ビリーさん……？　何かご用ですか？」

「ハッ、認めやがった」

私が答えると、その人は鼻で笑った。

ああそうか、前と同じく愛人と呼び止められたんだから、今回も否定しなければいけなかった。小隊長さんがいつもそう呼ぶせいで、呼ばれ慣れてしまっていたようだ。やっぱりこの愛称《あいしょう》はどうにかしてもらわなければ。

「用がないなら失礼します」

私はぺこりと頭を下げて、その場を去ろうとした。ビリーさんの様子からして、あまり楽しい用事じゃなさそうだ。隊長さんに反感を持っているらしいと聞いたし、避けられるなら避けるべきだ。

と、思ったんだけれど、そううまくはいかないらしい。

「待てよ」

去るよりも先に、ビリーさんに手首を摑まれる。わずかな痛みを感じて、ビリーさんを睨《にら》み返した。一体なんの用だろう。因縁《いんねん》でもつけるつもりだろうか。

「なあ、俺にもいい思いさせてくれよ」

「……放してください」

どう控《ひか》えめに解釈《かいしゃく》しても、ビリーさんの言葉には性的なニュアンスが含まれていた。言葉だけでもセクハラはセクハラだ。エルミアさんの知り合いだし、悪い人じゃないんだろうと思いたいけれど、不快なことには変わりない。

「いいだろー？　咥《くわ》えんのに隊長のもんも俺のもんも大して違いはねぇよ」

ニヤニヤと下品な笑みを浮《う》かべながら、ビリーさんは言う。咥えるって、上と下とどっちの口にだろう、なんて考えちゃう自分も下品なんだろうか。下品なんだろうね。

とにかく今は、この危機的状況をなんとかしなければ。どう考えても力勝負で勝てるわけがない。今でも手首がギリギリと痛いのに、これでもたぶん本気ではないだろう。

ほんの少しでも隙《すき》をつくることができれば、手の力が緩むかもしれない。そうしたら手を払《はら》って隊長さんの部屋に一目散に逃げ込もう。

弁慶《べんけい》の泣き所を思いっきり蹴《け》ろうと、足を上げたところで。

「それは俺への侮辱《ぶじょく》と取るぞ」

「た、隊長……！」

鶴《つる》の一声ならぬ隊長さんの一声。顔を上げると、ビリーさんの背後から隊長さんが近づいてきていた。隊長さんはこの上なく厳しい表情をしていらっしゃる。私に向けられているわけじゃないとわかっているから、別に怖くはないけれど。

「これに手を出すな」

か、かっこいい……！　男前だよ隊長さん！　しびれるよ隊長さん！

俺の女に手を出すな、的なセリフをまさかリアルで聞けるなんて思ってもいなかった。しかも私がヒロインの立ち位置だなんて、録音して何度でも聞きたいくらいだ。

「ちっ……」

ビリーさんは悔しそうに舌打ちして、手を離してどこかに行ってしまった。捨《す》て台詞《ぜりふ》を言ってくれたら本当の雑魚《ざこ》キャラだったけれど、現実にそこまで求めてはいけないか。

「大丈夫か？」

「はい！　ありがとうございます、隊長さん！」

「どうしてお前はそんなに元気なんだ……」

はっ、ここは普通、怖かった……とその広い胸に抱きつくところだったか。せっかく隊長さんがヒーローのように格好よかったのに、私にはヒロイン力が足りないらしい。

「あの、助かりました。例によって例のごとく、隊長さんの部屋に遊びに行こうとしてたんですけど……」

「……とりあえず、部屋に来い」

隊長さんの部屋は目と鼻の先だった。私はなんとなく、隊長さんの目から隠すように封筒をポケットにしまう。場所を移しても、隊長さんはいまだに険しい表情のままだ。

「怖くはなかったか？」

隊長さんは尋《たず》ねながら、私の手首をそっと撫でた。

強い力で摑まれていた手首はうっすら赤くなってしまっている。痣《あざ》にはならないと思うけれど、まだ少し痛い。

「怖いよりも、むかつきました」

「お前らしいな」

正直に答えると、隊長さんは苦笑した。そんな表情も好きだなぁと思った。

「私、咥えるなら隊長さんのものがいいです」

気づいたらそんなことを口走っていた。隊長さんなら上下どっちでもオッケーです。喜んでもらえるならいくらでもご奉仕《ほうし》しますよ。

「……言葉を選べ」

隊長さんは険しい表情に戻ってしまう。まあ、隊長さんならこう言われても喜ばないだろうとわかってはいた。それでも、今の私の素直な気持ちだった。

「他の人じゃ嫌なんです。私が触ってほしいのは、隊長さんだけです」

色素の薄い、灰色の瞳を覗き込みながら告げる。そこに映る感情を、一つも取りこぼさないように。

「私が触ってほしいのも、触りたいのも、キスしたいのも、抱いてほしいのも。全部、隊長さんだけなんです」

「……身体だけか？」

どこか不安そうに、そう尋ねられる。私は手首に添えられていた隊長さんの手を、両手でぎゅっと握った。

「違いますよ！　好きって言いたいし、言ってほしいし。毎日ちょっとしたことを話して笑ったり、おいしいものを一緒に食べたり。うれしいことがあったら真っ先に隊長さんに報告したいし、悲しいことは半分こしたいです」

たしかに気持ちいいことは好きだけれど、それだけでいいわけじゃない。色んな言葉を言いたいし、言ってもらいたい。色んな気持ちを共有したい。

恋人《こいびと》ができるということは、自分の日常の一部に相手が入り込んでくることなんだと思う。私は隊長さんに日常の一部になってほしい。そして、隊長さんの日常の一部になりたい。そんなふうに思うくらい、私は隊長さんのことが好きだった。

「私の言葉は、軽いかもしれません。信じられないかもしれません。でも、私は他にどう伝えていいのかわからないんです」

他の人の意見を聞いたり、作戦を練ったりと色々したけれど、結局私は私として、私なりに伝えていくことしかできない。

私はポケットから封筒を……手紙を取り出して、隊長さんに差し出す。

「これ、読んでください。私の気持ちです」

本当は、単なるお礼の手紙として手渡《てわた》すつもりだった。驚かせて、隊長さんがどんな反応をするか見てみたかった。予定が狂《くる》ったけれどしょうがない。それに、もしかしたらこれは逆に最大のチャンスかもしれない。

隊長さんは素直に受け取って、手紙を開いた。


『大好きな隊長さんへ。

私は隊長さんのことが大大大好きです。

隊長さんは優しくて、頼もしくて、責任感があって、なんでもできて、すごい人です。

私がこの世界に来てから、隊長さんはずっと私のことを一番に考えてくれました。

私が寂しいときに一緒にいてくれました。私の欲しい言葉をくれました。私のわがままを受け止めてくれました。私を、ずっとずっと、支えてくれていました。

そんな隊長さんのことを好きにならないなんて、無理だと思うんです。

気づいたのはキスをねだった夜だったけど、私はきっと、もっと前から隊長さんに恋をしていたんです。

隊長さんも私のことを好きでいてくれるなら、今はそれだけで幸せです。でも、やっぱり両思いになりたいです。恋人になって、あんなことやこんなこともしたいです。

私の知らない隊長さんを教えてほしいし、隊長さんにも私の話を聞いてほしいです。

私が隊長さんに支えられたみたいに、私も隊長さんを支えられたらいいなって思います。

隊長さんが信じてくれるまで毎日でも好きって伝えたいです。ううん、伝えます。私の気持ちを全部知ってほしいんです。

だからいつか、隊長さんからも好きだって言ってほしいです。

隊長さんが、もう降参だって両手を上げて、両思いを認めてくれる日を、待ってます。

未来の恋人、サクラ・ミナカミより』

正真正銘《しょうしんしょうめい》のラブレター。今まで書いたことなんてなかったし、恥ずかしかったけれど、気持ちを伝えるにはもってこいだと思った。エルミアさんとハニーナちゃんのおかげでだいぶ文字も上達したから、読めないということはないだろう。

隊長さんは途中《とちゅう》から手で顔を覆《おお》いながら読んでいた。でも、真っ赤な顔は隠せていない。

「ドキッとしたなら、それは私の気持ちがこもっていたからですよ。私の気持ちを、隊長さんが読み取ったからですよ」

手紙を持った手を、両手で包み込む。隊長さんのことが好きだって、伝わってほしくて。

「私の〝好き〟は、そういう意味です。隊長さんの気持ちとは違うんですか？」

挑《いど》むような心意気で私は告げた。これで『違う』と言われたら、振り出しに戻るかもしれない。それでも、確認しなければいけないと思った。

「……いや」

隊長さんはラブレターから顔を上げ、言葉少なに否定する。瞳の奥《おく》に、熱を持った感情が揺らいでいる。

ほら、瞳を見ればすぐにわかる。隊長さんは私のことが好きだ。愛しい。欲しい。そう、熱いまなざしが告げている。

「本当に、いいんだな？」

ラブレターが、そっとテーブルに置かれた。その手がそのまま伸びてきて、私の頬に触れる。産毛《うぶげ》をなぞるような優しい触れ方に、私は微笑《ほほえ》んだ。

「抱いてくれますか？」

私の問いかけに、隊長さんは細く長く、ため息を吐く。それは諦めるようなものではなく、何かを、覚悟《かくご》したかのような。

「もう、黙《だま》れ」

隊長さんはそう言って、唇《くちびる》に触れるだけのキスを落とす。そして、そうするのが自然

なことのように、私を抱き上げてベッドに連れて行ってくれた。

のしかかってくる大きな身体に、ドキドキと期待に胸が高鳴る。青みがかった灰色の瞳が熱を宿していて、私を溶《と》かしつくそうとしているみたいだった。

唇が身体中に降ってくる。くすぐったさと、ほのかな快感。肌《はだ》に触れる骨ばった手は優しくて、もっともっと、私の全部に触れてもらいたいと思った。

「大好きです、隊長さん」

黙れと言われたけれど、これだけはちゃんと伝えたかった。

隊長さんの首にぎゅっとしがみついて、熱くなり始めた身体を押し当てる。鼓動の速さで、私の気持ちは伝わるはず。

「……俺もだ」

耳元で、隊長さんは囁く。知ってます、とはさすがに言わなかった。口を塞がれたから言えなくなった、というほうが正しいかもしれない。

それからはもう、勝手に声が出てしまって黙ってなんていられなかった。

あの最初の夜とは全然違って、隊長さんはどこまでも優しかった。優しかったけれど、手加減はしてくれなかった。あちこち熱くて仕方なくて、気持ちよすぎておかしくなりそうで。

気持ちいいだけじゃなくて……とても、しあわせだなって、そう思った。

チュンチュンと小鳥の鳴く声が聞こえる。とても牧歌的です。清々《すがすが》しい朝をありがとうございます。ですが、目を開けた私に用意されていた現実は、清々しさとはほど遠いものでした。なんというか……生々しい？

目の前には厚い胸板《むないた》。もちろん裸《はだか》。適度に焼けた肌色が眩《まぶ》しいです。男臭《おとこくさ》くて最高です。

自分を見下ろしてみると、やっぱり何も着ていない。大丈夫、昨日このベッドで何をしたのかはちゃんと……最後のほう以外は、全部覚えている。どれだけ気持ちよかったのかも、隊長さんのエロさも。

汗《あせ》やらその他もろもろは拭《ふ》きとってくれたのか、ベタつきは感じない。知らないうちに肌を触られていたのかと思うと恥ずかしい。もっとすごいことを、これでもかというくらいいたしてしまったあととはいえ、それとこれとは話が別だ。

今は一体何時だろうか。今日はちょうど、私は週に一度のお休みの日だけれど、隊長さんは違うはずだ。いつも早起きの隊長さんが寝ているということは、まだ早い時間なんだろうか。

時計を見ようと顔を上げると、

「うぎゃっ」

バチッと音がしたんじゃないかというくらい、しっかりと隊長さんと目が合った。起きていたならそうと言ってほしい。思わず変な声が出てしまったじゃないか。

私を見下ろす隊長さんからは少しも眠気《ねむけ》が感じられないので、私より前に目を覚ましていたのかもしれない。

寝顔《ねがお》、見られた……それは今さらか。

「お……おはようございます、隊長さん」

とりあえず私は朝の挨拶をした。ごくごく普通の挨拶なのに、無性《むしょう》に気恥ずかしいのはなぜだろう。直《じか》に伝わってくるぬくもりが心地よくて、そう感じる自分がむず痒《がゆ》くて仕方ない。

最初に食べられちゃったときとは、何もかもが違う。思いが通じ合って、身も心も重ねて、初めての朝だ。たぶん今、私の顔は真っ赤になっている。

「珍《めずら》しいな」

「な、何がですか?」

「お前でも照れることがあるのか」

意外だと言わんばかりの口ぶりにカッチーンと来て、私は隊長さんから布団をぶんどって後ずさる。広いベッドだからそれなりに距離を取ることができた。

「そりゃ、照れもしますよ！　私のことなんだと思ってるんですか！」
朝チュンだよ朝チュン！　夜明けのコーヒーだよ!?　この状況で照れない女子がいると
でも!?
「つつしみのない奴《やつ》だと」
「た、隊長さん、ひどい……」
間違っていないかもしれないけれど、というか間違ってはいないんだけど！　両思いに
なった朝に言う言葉としては場違《ばち》がいだと思いませんか!?
「名前で呼べと言っただろう」
隊長さんは距離を詰めて、私の頬に触れる。その優しい触れ方に、文句は口の中で消え
ていってしまった。名前で呼べと言われたのは、昨夜、気が遠くなるくらいの快楽に襲わ
れている最中だ。どうやら情事の最中限定ということではないらしい。
「ぐ、グレイスさん？」
試《ため》しに名前で呼んでみると……見事に声がひっくり返《かえ》った。
昨日はほとんど正気じゃなかったから呼べたんだろう。ずっと隊長さんと呼んでいたか
ら、いきなり名前呼びというのはハードルが高い。
「や、やっぱり照れますっ！　さんづけとかなんか新婚《しんこん》さんチックじゃないですか」
私はもぞもぞと布団の中に顔をうずめた。再発生した桃色《ももいろ》の空気にいたたまれない気持

ちになる。私はこんなに乙女ではなかったはず。自分が自分じゃないみたいだ。

「それもいいな。嫁《よめ》に来るか？」

ふっ、と隊長さんが柔らかい笑みを見せた。それは妙《みよう》に色気があって、声ははちみつをぶっかけたように甘《あま》ったるくて。私はブワッと鳥肌が立った気がした。

「ひいぃっ！　どうしたんですか隊長さん！　キャラが変わってますよ！」

「お前に感化されただけだ。たぶんな」

「隊長さんは隊長さんのままでいてください……！」

私の知っている隊長さんは、そんなことを簡単に言える人じゃなかった。今さらキャラ変えとか、そんなまさか。むしろグレードアップしたんだろうか。隊長さん・改？　新しくなって帰ってきた隊長さん？　こんな隊長さんに太刀打《たちう》ちできる気がしない……！

「おい、名前」

「えーと、がんばるので、少しずつ慣れていくということで」

「……まったく、仕方がないな」

優しいまなざしに胸がドキドキする。隊長さんと一緒にいたら、そのうち心臓が壊れてしまうんじゃないだろうか。あんまりドキドキさせないでほしい。

「隊長さんは照れたりしないんですね」

なんだか悔しくて、私は唇を尖らせた。

「これしきのことではな」

「昨日のラブレターは真っ赤になってたのに……」

赤い顔を隠す隊長さんは本当にかわいかった。照れ屋さんなんだなぁと新たな一面を見ることができてうれしかったのに、この余裕綽々《よゆうしゃくしゃく》っぷりはいったい……。

「いつもお前にしてやられていては困るからな」

隊長さんは微笑んで、私の額に口づけを落とした。それだけで私はドキッとしてしまう。隊長さんはやっぱり大人《おとな》だ。きっと色んな意味で私より経験豊富だろうし、夜の主導権は奪えそうにない。そして夜じゃなくても、今みたいに競《せ》り負《ま》けたりする。こういうとき、十という歳《とし》の差を実感してしまう。

「私、負けませんよ！　好きになったのは私のほうが先なんですから」

先に惚《ほ》れたほうが負けと言うけれど、その負けはある意味勝ちだと私は思う。相手より先に相手の魅力《みりょく》に気づいて、相手より先に自分の気持ちに気づいたということだから。

「勝負ではないだろう。それに、それを言うなら俺のほうが先だ」

「え、いつからですか？」

隊長さんの言葉に、私は反射的に問いかける。考えてみれば、隊長さんはいつから私のことが好きだったんだろう。気になる、すごく気になる。

「……。そろそろ起きるか」

言うべきだ！

「あ、ごまかした！」

俊敏《しゅんびん》な動きで起き上がった隊長さんに、私はむくれる。ずるいぞ、言うなら最後まで

「サクラ」

ベッドから下りた隊長さんが振り返る。静かな、でもはっきりとした呼び声に、ビクッと身体が震えてしまった。昨夜、何度も何度も名前を呼ばれたから。肌を滑《すべ》る手の感触《かんしょく》が、全身を焼くような熱が思い起こされて、どうしていいのかわからなくなる。

ベッドの上に座り込んでいる私に、隊長さんは何も言わず手を伸ばしてきた。無骨な指が私の頬をなぞっていく。そのまま顎《あご》をすくって上向かせ、かすめるようなキス。見上げた先の灰色の瞳は、焦《こ》がされそうなほどの熱情を宿していた。

「もう放しはしないからな。覚悟しておけ」

低く甘やかな声が、私の鼓膜を揺らす。向けられる想いにゾクリとした。怖いんじゃない。すごく、すごくうれしくて。一生、放してくれなければいいって、そう思った。

「望むところです！」

私は挑戦的《ちょうせんてき》な笑みを浮かべてみせた。私は隊長さんのことが好きで、隊長さんは私のことが好き。ようやく、本当にようやくの両思い。だから、

私たちの恋物語は、ここから始まるのです！

終　バスタオル一枚からのやり直し

「それじゃ、隊長、お疲《つか》れさまです」

「ああ」

今日の分の仕事を終え、肩《かた》を回して凝《こ》りを解《ほぐ》す。

今日は訓練に熱が入ってしまったために、机仕事に取りかかるのが遅《おく》れてしまった。ミルトにも手伝ってもらい、夕食も執務室《しつむしつ》で取って仕事をしたおかげか、どうにか仕事を持ち帰らずに済みそうだ。

先に退室しようとしていたミルトが、ピタリと扉《とびら》の前で立ち止まる。振《ふ》り返《かえ》った彼《かれ》は、ニッコリと嫌《いや》な予感のする笑《え》みを浮《う》かべていた。

「あー、言おうか迷ったんですが、教えといてあげます。心して部屋に戻《もど》ってくださいね」

「……なんだ、それは」

「隊長の愛《いと》しの彼女《かのじょ》に、隊長は今日は遅《おそ》くなるってさっき伝えに行ったじゃないですか。そしたら、絶対仕事を持ち帰らせないでくださいね、と念押《ねんお》しされたので。あれはたぶん何か企《たくら》んでますよ。ほんと退屈《たいくつ》しませんよね」

「…………」

愛しの彼女、が誰《だれ》を指しているのかなど、聞くまでもない。つい一週間ほど前に想《おも》いを通わせたばかりのサクラのことだろう。

恋人《こいびと》となってからは夕食を共に取る日もあり、今日は一緒《いっしょ》に食べられないとわかった時点で伝えてもらった。その際わざわざミルトに念押ししたというのは、たしかに怪《あや》しさしかない。彼女のために早く部屋に戻りたい気持ちと、何が待っているのか知るのが少し怖《こわ》い気持ちとがせめぎ合う。

「隊長もドMですよね、振り回されるのがわかっててあんな子を恋人にするなんて。ま、破《わ》れ鍋《なべ》に綴《と》じ蓋《ぶた》って感じで、なんだかんだお似合いだと思いますよ。収まるとこに収まってよかったです。手綱《たづな》、しっかり握《にぎ》っといてくださいね」

サクラをまるで暴れ馬のように言うミルトに、俺《おれ》の恋人をなんだと思っているのかと文句をつけたいが、あまり否定もできないのが正直なところだ。

「ご武運をお祈《いの》りしておきます。あ～、オレも早くかわいい恋人が欲《ほ》しいなぁ」

楽しげに部屋を出て行くミルトを見送り、俺はため息を一つこぼした。


「おかえりなさい、隊長さん！」

そうして私室に戻ってみれば、満面の笑みで出迎《でむか》えてくれたサクラはバスタオル一枚の姿だった。

なぜ、よりにもよって、その格好なのか。

バスタオルは、サクラがこの世界に招かれたときに身にまとっていたものだ。たしか『うさぎのムーさんバスタオル』だったか。鈍《にぶ》い緑色をしたうさぎは、何が不満なのかと聞きたくなるようなしかめっ面《つら》をしている。「ちょっと隊長さんに似てますよね！」とサクラに言われたときは、どう反応すればいいものか悩《なや》んだものだ。

いや、今はうさぎのムーさんはどうでもいい。問題なのはサクラの格好だ。もっと言うならその格好に至るまでの思考回路だ。

サクラはなぜか、まるで何かを期待するかのようにキラキラと瞳《ひとみ》を輝《かがや》かせていた。たっぷり十秒ほど見つめ合ったのち、俺は静かに扉を閉めた。もちろん、サクラだけを部屋に残して。

「た、隊長さん!?　どうして閉めるんですかっ！」

中から慌《あわ》てた様子の声が聞こえる。それを一切《いっさい》無視して、俺は深くため息をつく。

時折、不思議に思わずにはいられない。どうして俺は、こんな女のことが好きなんだろうか、と。

自分の理想は控《ひか》えめで貞節《ていせつ》な女性だったはずだ。サクラはその理想からすれば、正反対と言っても過言ではない。部下にまでドMと言われたのは少々堪《こた》えた。

「隊長さ～ん……」

なのにどうして、自分を呼ぶ声にこんなにも胸が疼《うず》くのか。どうして、サクラでなければいけないのか。そんな問いは、もはや意味を成さない。消えない熱が、その答えだ。

わかっているのは、どうしようもないほどにサクラに溺《おぼ》れているということ。そして、これからもきっと、彼女に敵《かな》う日は来ないのだろうということだ。

あまり放置するのも可哀相《かわいそう》かと仕方なく扉を開くが、やはり先ほど見たものは幻《まぼろし》ではなかった。

「隊長さ～ん！」

軽い衝撃《しょうげき》を受け、逃《に》がすものかとばかりにしがみついてくるサクラに、俺はまたため息をつきたくなった。剝《む》き出《だ》しの肩や腕《うで》に、何も感じないほど枯《か》れてはいない。

「とりあえず、服を着ろ」

「ダメです！」

「目に毒だ」

「それでいいんです！」

本当にサクラは一筋縄《ひとすじなわ》では行かない。的を射ないやり取りに、だんだんと余裕《よゆう》がなくなっていくのを感じる。

「……お前は何がしたいんだ」

「よくぞ聞いてくれました！　これには海よりも深く山よりも高い理由がありまして」

「簡潔に言え」

「どうぞ召《め》し上《あ》がれってことです！」

サクラは俺を見上げ、笑顔《えがお》でそう言った。つまりサクラは、俺を誘惑《ゆうわく》するつもりでバスタオル一枚の姿でいたらしい。

たしかに、彼女は俺にとって、どんな手の込《こ》んだ料理より魅力的《みりょくてき》なごちそうではあるけれど。……こうもはっきり言われてしまうと、反応に困る。

「あ、やめてくださいその残念な子を見るような目。だから言ったじゃないですか。ちゃんと理由があってのことなんですよ！」

「どんな理由だ」

サクラの認識《にんしき》は少し異なっていたが、訂正《ていせい》することなく話を促《うなが》す。多少長くなったとしても、必要な説明をすっ飛ばして召し上がれと言われるよりはいいだろう。

「あのですね、隊長さん、私がこの世界に来た最初の夜のこと、実はけっこう今でも気にしてるでしょう？」

唐突《とうとつ》に過去の愚行《ぐこう》を蒸《む》し返《かえ》されて、俺は顔をしかめる。あの夜の過《あやま》ちは思い出したくもない。けれど同時に、決して忘れてはならない記憶《きおく》でもあった。

「……気にしていないと言うと、嘘《うそ》になるな」

少し迷って、正直に答えることにした。

被害者《ひがいしゃ》であるサクラはまったく気にしていないようだけれど、俺が無理強《むりじ》いしたことは変えられない事実だ。本当なら罪を償《つぐな》うべきなのだろうが、サクラがそれを望まない。

何度謝《あやま》ったところで気が軽くなるわけもなく、許してくれるとわかっていて謝るのも何かが違《ちが》う。結局、昇華《しょうか》されない罪悪感と後悔《こうかい》の念だけが胸のうちにくすぶっている。

「でしょ？　隊長さんは真面目《まじめ》さんですもんね」

ニコニコと笑うサクラに、何も言い返せない自分がいた。

「だから私も考えたわけです。少しでも隊長さんの気が楽になるようにって」

そんなことを考えていたのか、と俺は意外に思った。そもそも、俺が今もあの夜のことを引きずっていると、サクラが気づいていたことにも驚《おどろ》きだ。

サクラは思っていたよりもしっかり俺のことを見てくれているらしい。うれしいような、気恥《きは》ずかしいようなむず痒《がゆ》さを覚える。

「あの日の夜をやり直しましょうよ、隊長さん」

包《つつ》み込《こ》むような優《やさ》しい微笑《ほほえ》みで、サクラは言った。

それは、いつもの無邪気《むじゃき》な子どもっぽい笑みとは違う、どこか大人《おとな》びた表情だった。

「……どう、やり直せばいいんだ」

俺が問うと、サクラは抱《だ》きついていた腕を離《はな》し、今度はその小さな両手で俺の手を取った。そして、俺を見上げ、にぱっと朗《ほが》らかな笑みを浮かべてみせる。

「初めまして、水上桜《みなかみさくら》です！　異世界からやってきた、ピッチピチの二十歳《はたち》です！　早《さつ》速《そく》ですが隊長さん、大好きです。抱いてください！」

直球すぎる、誘《さそ》いの言葉。自己紹介《しょうかい》のすぐあとにそれはないだろう。『早速ですが』は、関連性のない前後の発言を無理やりつなげるための言葉ではない。突《つ》っ込《こ》みどころは大量にあったが、気づけば俺は笑っていた。おかしなところを含《ふく》め、彼女らしい。

いつもいつも、彼女は言葉を、自分を飾《かざ》ることを知らない。そんなところすらかわいく、愛おしく思えてしまうのだから、俺は相当サクラに毒されているんだろう。

「めちゃくちゃだな」

「嫌、ですか？」

サクラは不安そうな色を瞳に浮かべる。めちゃくちゃではあるが、サクラなりに俺のことを考えての行動なのだろう。この茶番が、俺の罪悪感を減らすためのものであるなら、乗らないのは野暮《やぼ》というもの。

「グレイス・キィ・タイラルドだ。俺のものになってくれるか？」

俺は握られていないほうの手で、サクラの頬《ほお》にそっと触《ふ》れ、告げた。告白というには即《そく》物的《ぶつてき》で、欲深い、俺の望みを。

まるでプロポーズのようだ、と俺は思った。きっとサクラは、そんなことには気づかないだろうが。

「はい！」

サクラは晴れやかな笑顔で応《こた》えてくれた。罪悪感が減るのかどうかは、あとになってみなければわからないが。まあ、こういうのも悪くない。

俺のために用意された、この上なく甘《あま》いデザートは、きっと腹も心も満たしてくれることだろう。

あとがき

皆様《みなさま》はじめまして、五十鈴《いすず》スミレと申します。

この本をお手に取ってくださりありがとうございます。

おもしろいことを言おうとして盛大《せいだい》に滑《すべ》るのが常なので、真面目にご挨拶《あいさつ》させていただこうと思います。

本作は、カクヨムというKADOKAWA様運営のWEB小説投稿《とうこう》サイトにて開催《かいさい》された、ビーズログ文庫×カクヨム　恋愛《れんあい》小説コンテストで奨励賞《しょうれいしょう》を頂いた作品です。

こうして書籍化《しょせきか》することができ、今でも夢のように思えるのですが、どうやら本当に本になるようです。すごい……すごいことです……。

持ち前のノリの軽さで異世界での非日常な日常を乗りきるサクラと、そんなサクラに振《ふ》り回《まわ》され頭を抱《かか》える苦労性《くろうしょう》な隊長さん、楽しんでいただけたでしょうか？

個人的に、ヒーローには「苦悩《くのう》・葛藤《かっとう》・我慢《がまん》」の三種の神器を携《たずさ》えていてほしいので、そのようなお話となっております。

主役の二人だけではなく、脇役《わきやく》たちも楽しく書かせていただきました。書籍《しょせき》化にあたり出番を増やせたのがうれしかったです。

「食べられ」が本となるまでに、本当にたくさんの方々にお世話になりました。

かわいすぎて見るたびにっこりとなれる、本当に素敵《すてき》なキャラクターを描《えが》いてくださった加々見絵里先生。影《かげ》から日向《ひなた》から、小隊長さんのように支えてくださった担当様。この本ができるまでに携《たずさ》わってくださったすべての皆様《みなさま》に心からの感謝を。

WEBからずっとサクラと隊長さんの恋《こい》を見守っていてくださった読者様。皆様《みなさま》の応援《おうえん》のおかげでこうして二人の恋模様《こいもよう》を本という形で送り出すことができました。本当に感謝してもしきれません。

書店や公式サイトなどで目を留《と》めてくださり、お手に取ってくださった読者様。ご縁《えん》とは素敵《すてき》なものですね。本当にありがとうございます。

皆様《みなさま》に少しでも楽しんでいただけたなら、少しでもキラキラとした気持ちでこの本を閉じることができるなら、とってもうれしいな、と思いながらこのあとがきを書いています。

恋愛《れんあい》小説を読むのも書くのも大好きな私ですが、萌《も》えはパワーだと思っています。活力とも元気の素とも言えます。

この本が皆様《みなさま》にパワーをおすそ分けできることを願っています。

それでは、またどこかで皆様《みなさま》にお目にかかれますように。

五十鈴《いすず》スミレ

■ご意見、ご感想をお寄せください。
《ファンレターの宛先》
〒102-8078 東京都千代田区富士見 1-8-19
株式会社KADOKAWA ビーズログ文庫編集部
五十鈴スミレ 先生・加々見絵里 先生

ビーズログ文庫

■本書の内容・不良交換についてのお問い合わせ。
エンターブレイン カスタマーサポート
電　話：0570-060-555
（土日祝日を除く 12:00～17:00）
メール：support@ml.enterbrain.co.jp
（書籍名をご明記ください）

◆アンケートはこちら◆
https://ebssl.jp/bslog/bunko/enq/

い-3-01

異世界《いせかい》トリップしたその場《ば》で食《た》べられちゃいました

五十鈴《いすず》スミレ

2017年 9月15日 初刷発行

発行者　三坂泰二
発行　株式会社 KADOKAWA
〒102-8177 東京都千代田区富士見 2-13-3
（ナビダイヤル）0570-060-555
デザイン　伸童舎
印刷所　凸版印刷株式会社

ISBN978-4-04-734801-1 C0193

定価はカバーに表示してあります。